读客®

读客知识小说文库

读小说　学知识

古风悬疑推理神作

天涯双探

8

汴京之眼

七名 著

江苏凤凰文艺出版社
JIANGSU PHOENIX LITERATURE AND ART PUBLISHING

图书在版编目（CIP）数据

天涯双探. 8, 汴京之眼 / 七名著. -- 南京：江苏凤凰文艺出版社, 2022.8

ISBN 978-7-5594-6935-9

Ⅰ. ①天… Ⅱ. ①七… Ⅲ. ①长篇小说－中国－当代 Ⅳ. ①I247.5

中国版本图书馆CIP数据核字(2022)第108207号

天涯双探. 8，汴京之眼

七名 著

责任编辑	丁小卉
特约编辑	李晓宇　黄雅慧　李玉洁
封面设计	蒋咪咪
插画设计	李元凯
责任印制	刘　巍
出版发行	江苏凤凰文艺出版社
	南京市中央路165号，邮编：210009
网　　址	http://www.jswenyi.com
印　　刷	三河市龙大印装有限公司
开　　本	680 毫米 × 990 毫米 1/16
印　　张	17
字　　数	193 千字
版　　次	2022 年 8 月第 1 版
印　　次	2022 年 8 月第 1 次印刷
标准书号	ISBN 978-7-5594-6935-9
定　　价	59.90 元

目　录

序　章

一只蜗牛探出头来，朝四周望了望。

灰蒙蒙的天，碧绿的树。再往前看，是灰黑色的城墙。城墙上站着数名士兵。他们一动不动，守护着大宋最神圣的皇城。

蜗牛决定往上爬。它嗅着湿冷的空气，顺着古老的石砖拼命向上。可它爬了很久，才挪动了一点儿位置。

今天的天很阴沉，看不见一点儿阳光。

景询站在城墙下，抬头往上看。他看到了小蜗牛，也看到了宫墙外的天空。直到小蜗牛爬得比他还高了，他抬手将蜗牛取下，扔到地上。蜗牛趴在地上，小身体微微颤抖。景询伸手把壳一点点剥掉，然后，用脚一点点踢碎。

他每次都这样玩，要么玩蜗牛，要么玩石头。后苑有口枯井，他每次玩完，都会把蜗牛和石头丢到井里。

“景询！景询！”一个高个子宫女朝这边跑来，手里提着一个篮子。

景询慢悠悠地回过头去。

高个子宫女问道：“你在这儿干什么？”

景询没有说话。

“喏，你要的东西。”高个子宫女塞给他两本字帖，“我去宫外的字画店找了好久，你看，是你要的吗？”

景询的眼睛亮了。他接过来，反复地看。

高个子宫女撇了撇嘴：“连句谢谢也不说。”

景询道：“谢谢素心姐姐。”

“行啦，看你这言不由衷的样子，快走吧。”素心推了他一下，“我看宗实大人已经到了，在后苑呢。”

闻言，景询赶紧把字帖夹在《礼记》和《尚书》中间，又整理了下衣摆。

“快点儿，晚了徐大人会生气的。”素心嘀咕了一句，“真不知道你天天在想什么。”

景询拿着书，沉默地跟着素心来到后苑。后苑假山前，站着两个人，一个是宦官徐大人。他的脸上总是涂着粉，还喜欢带着虚假的笑容。他一笑，皱纹都会浮起粉来。这是景询最讨厌，也是最害怕的人。

在徐大人旁边，站着一个二十岁左右的青年。他外表俊朗，身带贵气，年纪比景询大些。

景询加快脚步，上前行了礼，但是没有叫人。

徐大人站在一边，看都没看他，而是对青年殷勤道：“宗实大人，您可是许久没进宫啦。”

宗实关切道："皇兄的病如何了？"

徐大人叹息一声："不碍的，就是不知怎么了，皇上见辽国使者的时候说了疯话。大抵是年纪大了，最近政务又比较繁忙，正在福宁殿休养，宗实大人不必担心。"

宗实皱了皱眉头，没有说话。

徐大人问道："让景询先陪您读会儿书，还是……"

宗实道："我们俩单独在这里坐一会儿。"

徐大人明白，忙命人端来笔墨纸砚，之后就退下了。周围只剩下宗实和景询两人，景询站在一旁，开始研墨。宗实没有坐下，拿起字帖看了看："你的字真是越发好了。仿什么字体，都是这么像。我新得了一版《灵飞经》，下次拿给你看看。"

景询没有说话，依旧研墨。他的目光瞥向四周，总有宫女和宦官在后苑林子里穿梭。每次宗实大人一入宫，周围就会聚集很多宫人。这些宫人取东西、端水果，像苍蝇似的围着宗实打转。自从皇上病了，宫人就更加殷勤了。

人越多，景询越不想说话。每次，只有去宗实府上的时候，他们俩才敢聊天，那便是景询最快乐的日子。

宗实看了看四周，对景询道："你跟我过来，嘘，悄悄的。"

后苑树林很茂密，有一座假山。宗实快步走了过去，七拐八拐，来到一个小山洞前。里面黑漆漆的，景询犹豫了一下，没敢进。

宗实道："你可不是怕黑的人。"

景询摇头道："我与你不同，我怕触犯宫规。"

宗实无所谓地笑了一下，大步进了山洞，还朝他招了招手。

景询踌躇了一会儿，才跟了进去。他们走了几步，尽头是一块巨大的青石板。宗实上前，用力推着石板。只听“轰隆”一声，石板被推开，露出一个更加幽深的大洞。

宗实拍了拍手，咧嘴笑道：“怎么样？”

景询很是诧异：“这、这是……”

“秘密通道。走吧，咱们进去看看。”

“可是——”

宗实拽着他进去了。里面很是狭窄，透着股难闻的味道。二人摸黑走了一阵，似乎是在上坡。景询伸手摸了摸石壁，他认出来了，这是城墙的砖石。

“宗实哥，我们是在哪儿？”

“跟着走就对了。”

“是不是在城墙内部？”

“一会儿你就知道了。”

很快，前方出现了一个楼梯。宗实先上去，待走到尽头，他把门用力推开——

眼前是刺眼的亮光。景询跟了出去，看向四周，顿时惊呆了——他们站在了宣德楼正上方。

“宗实哥，不会被发现吗？周围有官兵的！”

“嘘，小点声。官兵只能站在角门上方，他们不能来这里。有砖石遮挡，他们发现不了我们。”

景询的心咚咚直跳。他们现在站在宣德楼上方，这里是大宋皇城的最中心。整个皇城四四方方的，西华门门口，包拯包大人已经到了。紧接着，文彦博下了轿，司马大人也到了。他们匆匆走入西华门，估摸着要和皇上商议大事。太医往曹皇后的宫殿去了。宫女端着点心去了张贵妃宫里。景询忽然有些感慨，他心中的皇宫是那么大，大得无边无际，可如今看来，只有小小的一点。

宗实拉住他："景询，你看皇宫做什么？那边不好看，看这边呀。"

景询立即回头望去，吃了一惊。

他的脚下是整个汴京城。

嘉祐元年，仁宗在位。百姓都说，他是大宋最好的皇帝，汴京城是世上最美的城。景询是不相信的。但当他站在宣德楼上极目远望，才明白大宋究竟有多么强大。繁华的汴京城就像一幅虚幻又真实的画，御街就在他们脚下。不远处，可以看到热闹的集市、华丽的酒肆、密集的民居。那些玩耍的孩子、摆摊的百姓、行走的商人，正在画里过着自己简单幸福的生活。没有人会往宣德楼上看。只有逢年过节，皇上才有可能站在那里接受万民朝拜。但今天，只是一个普普通通、风不和，日不丽的日子。

"我们不该来这儿。"景询定了定神，"只有皇上才能站在这儿。"

宗实看着他，问道："景询，你读书识礼，勤奋又克己。但你可知……为何宫人都不喜欢你？"

景询没有说话。他知道，是因为自己不清不楚的身份。皇宫里，大家都知道，景询是前朝刘太后的亲戚，曹皇后亲自给他赐名"景询"。"景"除了风景的意思，还代表着太阳与日光；"询"除了问询，还有谋略之意。曹皇后起这个名字的意图很简单，希望景询认真读书，做皇子伴读，他日可以成为幕僚，做天子的左膀右臂。

但景询真实的身份不为人知。每当有人问起，曹皇后都讳莫如深，景询也缄口不言。在过去的七年里，宫人始终不喜欢他。景询遭受了太多的非议与嘲讽，夜深人静时，还会被打、被骂。他不明白为什么，可他只能忍着。

宗实拍了拍他的肩膀："身份只是其中一个原因。主要是你太聪明了，所以大家害怕你。你今年不过十二岁，可你几乎不笑。一个喜欢藏匿心事，又从来不肯说实话的孩子，在皇城里是不讨喜的。"

景询道："只是性格使然。"

宗实看着他，道："你想来宣德楼顶楼，想了不止一次。你知道，这是皇帝才能站的位置。但你站在这里，看着楼下的黎民百姓，一步都不肯后退。"

景询的脸色陡然一白，立即往后退了几步，道："宗实哥，不要开这种玩笑。"

他喊了一句"宗实哥"，有了求情的意味。宗实只是慢慢坐在了地上，问道："你知不知道长青王爷？"

景询的心忽然停了一瞬。但他非常镇定，也跟着慢慢坐下："知道。"

"太祖建皇宫的时候，修了好几条避难密道。一旦出了大事，皇室子弟便能从密道逃脱。咱们刚才走的，就是其中一条。从后苑假山出发，可以来到宣德楼顶楼。"

景询道："城墙是空心的，而且环住了整个皇宫，那说明……通过密道，能去皇城的任何一个角落？"

"是的。但都是从城墙出来，也没什么用。"

"能出宫吗？"

“曾经可以。后来，所有出宫的密道都被封了，因为有人擅自出宫，就是那个长青王爷。”

听完这些话，景询没有一丝表情，道：“一般这些秘事都是皇族才能知道的，那我便不该知道。”

宗实道：“的确，这些事都是由皇室子弟口耳相传。”

景询忽然明白了。这几日，皇上总喜欢叫宗实去病榻前问话，一谈就是一个时辰，还交代了他不少事，送了他许多书籍。

想到其中的内情，景询起身，对宗实行了跪拜礼。

宗实的眼中闪过一抹复杂的神情。但景询的眼神似乎更复杂。在这一瞬间，二人什么话也没说。风吹过二人耳畔，又吹向整个汴京城。

良久，宗实才道：“你知道我不愿意继承皇位。如果圣上有了皇嗣，我就安心俯首为臣。”

景询点头道：“当然需要由圣上来定。我定当辅佐君主，让大宋政治清明。”

“你这一套一套的话，说得可真是……景询，你真不像是个十二岁的孩子。”

“年幼也好，年老也罢，一生为君，一世为苍生。”

宗实无话可说。他从怀里拿出一本《三字经》，丢给景询：“这是皇兄给我的，你看看最后几页。”

景询很淡然地接过。《三字经》的最后几页，密密麻麻写满了字。他读了几行，陡然一惊，双手微微颤抖。

“这就是我今日叫你来这儿的目的。”宗实看着他，道，“我是看了这个，才知道当年的旧事。长青王爷是女子，也是你的娘亲。景询，你是皇族。”

景询没有说话。

宗实道：“你五岁来的皇宫，又那么聪明，五岁之前的事，不可能完全没有印象，你，一定清楚自己的身世。”

景询定了定神，把书册还了回去：“我不该知道。”

宗实站起身来，看着远方，道：“当年的事，是刘太后对不住你，是大宋的皇家对不住你，我替他们向你道歉。”

听到这话，景询有些恍惚。道歉？他在皇宫住了七年，过惯了担惊受怕的日子，受尽了白眼和侮辱。今日，宗实道歉，这一句道歉，又该给谁呢？给死去的爹娘吗？给自己永远得不到的身份吗？给自己那屈辱的七年吗？

宗实看着他，道：“我一直拿你当弟弟，看了这书册我才知道，你还真是我弟弟。我……只想让你开心一点儿。”

景询的眼睛忽然有些湿润。皇宫从来不是他的家。他没有亲人。在这一刻，他忽然觉得自己有了家，宗实是他唯一的亲人。

宗实笑道：“别难过啦。以后如果可以，我帮你实现愿望。你想要什么，只管说，没关系的。”

“我想看烟花。”景询很是期待地道，“就是把火药点燃，五颜六色的那种——想在宣德楼上看！”

这是他第一次像个孩子一样说出心里话。这种不假思索的话，令宗实震惊。宗实想了想，道：“元宵节的时候，溜出宫就能看到，但五颜六色的烟花……我也没见过。”

景询有些失落：“我在书上看到的，好像能做出来。”

“皇宫里可没有。”宗实叹了口气，“还有别的愿望吗？”

景询的眼睛亮了下：“我想出宫去，想看看外面的世界。还有，我想做个教书先生！”

宗实问道：“你只想当个教书先生？”

景询认真地点了点头。

宗实道：“好，我想办法帮你实现。你要认真读书，以后你就是龙图阁学士，你可以去任何一所书院教书。只要你想，你还可以回宫来教皇子皇孙，直到你老了，教不动为止。你还能打他们手板，怎么样？”

景询笑了。

宗实拍了拍他的肩膀：“你可算笑啦。走吧，我感觉他们在找我们。”

景询赶紧往墙洞里走去。二人摸黑回去，从假山里钻出来，却看见一群宫女、太监正拼命地找他们。徐大人过来，焦急地道：“宗实大人，您去哪儿啦？皇上召见您呢。”

宗实点点头：“我刚才去假山那边背书了。皇兄找我？我这便过去。”说完，他朝景询眨了眨眼，拿着书册，迅速离开了。

景询脸上还挂着淡淡的喜色。他看了看宣德楼，有些恍惚。大宋的街道仿佛还在脚下，还有更远的地方……也许有一天，他就能出宫了。什么时候能出宫呢？他希望能快一些。

这时候，天空闪过一道惊雷，很快就下起雨来。

景询连忙收拾起书册。他脑中都是些细碎的小事，比如要把笔墨收回房间。他的房间有些漏雨，如果自己不去补，是没人会管的。今日若是雨太大，晚上只怕要挨淋。淋了雨可不好，病了也没有太医来看……

“景大人。”徐大人忽然叫住他。

景询一个激灵。宫女、太监们讽刺他的时候，总爱叫他“景大人”。因为他年纪小，却爱装大人；明明谁也不是，却像个朝廷重臣一样，能读书识字；明明没爹没娘，却因一纸遗诏，可以活成人上人的模样。宫女嫌他不讨喜，宦官恨他是男儿。

雨中，徐大人慢慢道：“景大人，宣德楼可不是您该去的地方。”

景询的心猛跳起来。他强装镇定：“是宗实大人让我去的。”

他说完这句话，就已经很紧张了。小时候，因为和徐大人顶嘴，他挨过一个耳光。他认为徐大人不该打他，但到了曹皇后面前，他一个字也没提。讲了又能怎样呢？

徐大人没有打他，只是笑笑：“宗实大人偷偷去了好几次，你以为没人看到吗？当然看到了，因为他是宗实大人，他想去哪儿，就去哪儿。可你呢？你是谁呢？”

景询站在雨中，木愣愣的。是呀，他是谁呢？在这皇宫里，他谁也不是。

不远处，有人搬来了长凳，拿来了刑杖。在雷雨的日子里，最适合行刑。那些痛苦的呻吟声会被淹没在雨声和雷声里，血水也会被冲刷得一干二净。

景询紧紧地抱着书册和字帖：“皇后娘娘会知道的。”

徐大人道：“皇后娘娘病啦。她是最知理的人，若知道你私自登上宣德楼，她也会严惩的。”

景询的心里一凉。他的胳膊已经被人架了起来。很快，他被强行按到长凳上。雨水顺着他的脸颊流下来。他挣扎着，道：“我还不满十四岁，不能挨刑杖。几杖下去，非死即伤，宗实大人也会知道的！”

徐大人走上前，狠狠按住他的头，低声道：“宗实大人去恭喜皇上了。你猜怎么着？张贵妃有喜啦。宗实大人喜欢当臣子，现在皇上有了真正的龙嗣，他当然高兴了。景大人，您也应该高兴才对呀！今天能躲过这一劫，说不定能真正当一回太子伴读呢。”

说完，徐大人一挥手，棍子就打了下来。景询小小的身体抽搐了一下。在这一瞬间，他觉得自己的骨头撕裂开来，冰冷的雨水砸下来，刑杖一下下落到他的身上。他趴在那里，一直不肯求饶。

徐大人啐了一口：“景大人，您得知道自个儿的身份啊。”

大雨噼里啪啦地落下来。景询被打了一下又一下，疼晕了，又被浇醒。恍惚中，他想起了宣德楼上的风景，想起了宗实的话，想起皇城外的天与地、书里的山与海，还有绚烂的烟花……在一棍一棍中，这些渺小的梦想和希望被打得灰飞烟灭。

他今日以为，一切都会变好的，原来他错了。宗实说的话，都是假的。

一只蜗牛从他眼前爬过。

在剧痛中，景询想起了那只被他踩碎的蜗牛。他忽然有了一些悔意，下意识地动了动腿，却发现，自己的左腿没了知觉。

他的腿呢？腿呢？

他连一只蜗牛都不如。

第一章
旧　事

元丰六年十月，天空一片晴朗，易厢泉来到蓬莱郊外的长生阁。他站了一会儿。很快，一位素衣侍女出门来相迎。

易厢泉掏出手谕递上。侍女接过，没有说话，而是示意他跟进来。

这是一个规整的庭院，四四方方，极为整洁。地上没有一片落叶，屋顶没有一片残瓦。由此可知，长生阁的主人不凡。

易厢泉沉默不语，随着侍女穿过庭院，来到一个小房间。侍女给他倒了茶，告诉他稍等一会儿。

不久之后，一位中年女子从里屋出来。女子大约五十岁，身着素衣，佩戴佛珠，头上没有首饰，举止端庄，带着贵气。

易厢泉上前行礼，却不知怎样称呼她。

女子看了看易厢泉，没有自报姓名，而是直接问道："舒国公主让你来的？"

易厢泉点点头："我们要找画卷上的人，公主打探了一下，说您可能认识，让我来拜访您。"

易厢泉把画卷递过去。女子看了看，有些惊讶，却平静道："这个孩子我认得。我是看着他长大的。"

听到女子用"这个孩子"来称呼，易厢泉愣了一瞬："您认得？"

女子点点头，神情有些哀伤："他……还好吗？"

易厢泉不知如何回答。

女子看着易厢泉，问道："他可是犯了什么大错？"

易厢泉一愣，点点头。

女子叹了口气，看着画像，很久才道："这孩子是在庆历八年入的宫，一入宫，曹皇后就对他颇为照顾。我们宫人不清楚这孩子的来处，只知道他身份不凡，却也不敢多问。"

"您可知他的姓名？"

"景询。这是曹皇后给他起的名字。"

听到这里，人物对上了。但易厢泉有些意外。进门之后，他隐约猜到了眼前人应该是旧朝宫女，而白景询竟然自幼长在宫里，连名字都是曹皇后所赐。

女子看着画像，继续道："景询没有姓，也没有名分，大家待他比宦官好些，比皇子公主差些。这孩子也不讨喜，进宫之后一句话也不说。待他长大，开始随皇室子弟读书，我们才发现，他竟然异常聪颖，念过的字句，几乎过目不忘，书法也极佳。我记得他写柳字、颜字都是十足十地像。曹皇后很是开心，希望他日后做皇子的伴读。但仁宗皇帝子嗣单薄，皇子早夭，景询就一直在宫中生活。"

易厢泉问道："他是怎样的人？有无朋友？有无和其他人过密交往？"

女子叹气道："没有。他独来独往，甚少和人交谈。他入宫的时候才四五岁，但是……这么多年，我只知道他聪明、沉默，其余的一概不知。我看不透这个孩子。"

易厢泉没有说话。眼前的女子是深宫中的人，竟然给了一个孩子"看不透"的评价。

女子看着画像："直到后来先皇频繁入宫，景询才开朗了一些。先皇当时比他大了不少，但二人经常促膝长谈。"

易厢泉想了想，继续问道："景询的腿是入宫时就有问题，还是后来受了伤？"

女子的眼神黯淡下去："是后来受的伤。我记得是一个雨天，不知为什么，他和先皇登上了宣德楼。这是违反宫规的。等他们被宫人发现，先皇没有受惩罚，景询被打断了腿。"

易厢泉一怔："他的腿是在宫内被打断的？"

女子点点头："那些宫人看不惯景询的作风，他既非皇子，又非宦官，人又孤僻，宫人就下手重了些。虽然有太医医治，但调养不得当，后来就瘸了。那时曹皇后生了病，也没有过问此事。景询那年才十二岁。"

易厢泉问道："景询是什么时候离宫的？"

女子道："先皇被立为太子，景询就出宫了。具体去了哪里，我也不清楚。"

易厢泉问道："是哪年的事？"

"嘉祐四年，景询应该是十五岁。"

易厢泉又问了一些琐事，譬如景询是否认识西夏人，他的出身究竟如何，而女子的嘴严，只是摇头，眼神有些闪烁。直到易厢泉再也问不出什么，才无奈离开。

他走到门口，女子却忽然唤住了他。

“有件事，我还是要告诉你。”她站起身来，有些激动，像是鼓足了勇气，“我日日礼佛不见客，往事若现在不说，以后便无处说了。我在年轻的时候，经常帮宫女太监从宫外带东西。这是违规的，我……收些金银物件。景询偶尔会让我帮他带字帖。直到他断了腿，就再也没要过，而是让我帮他抓药。我看他可怜，就帮着抓了一年的药。后来我发现，他的药方里有附子。”

易厢泉一惊：“他让你带毒药入宫？”

女子点点头：“我拿着方子问了太医。太医说没有给他开过这样的方子。这说明景询模仿了太医的字迹，擅自伪造了药方。药方写的是附子的别名。我知道了之后，很是害怕，质问他要做什么，他只说是自己治病用。之后，宫内一直相安无事，直到景询离宫之前，五名宫人消失。”

“在皇宫直接失踪？”

“对。那几日忙着摆宫宴，也没人在意，五个人就那样忽然消失了，怎么找都找不到。这五名宫人来自不同的殿阁，彼此之间并不相熟。但我知道，他们参与了同一件事。”

易厢泉道：“是他们打断了景询的腿？”

女子缓缓地点了点头。

易厢泉的目光冷了下来。

女子叹气道：“这么多年过去了，我在宫中见过太多人、太多事，可就这一件事，一直在我心头萦绕不去。我有过很多猜想……但是，景询当时只有十多岁啊。”

她讲到这里，易厢泉才明白，为什么这个女子能立即把景询认出来，为什么她问景询“是不是犯了大错”。

她一直害怕他。

听到这里，易厢泉又问了她一些问题，直到太阳西斜，才告辞离开。

易厢泉回到客栈，思绪万千。蓬莱已经查不出什么了，他决定明日离开蓬莱回汴京。虽然回去很危险，但也许在那里才能找到更多的线索。

更重要的是找到白景询这个人。

易厢泉定了定神，提笔给夏乾写了封信。

客栈伙计问他：“送哪里去？”

易厢泉答道：“兰州。”

伙计摆摆手：“兰州送不过去啦！现在，那里乱得很，不能乱飞信鸽。听好多人说，西夏人不老实，可能又要打仗啦！”

就在今日，乌云遮住了兰州的太阳。

西北地区总是冷一些。今日乌云遮日，还起了风。十辆驴车在寒风中艰难行进着。车上拉着茶叶、丝绸等物。可天气实在太冷，驴子也不愿意往前走了。

伙计抱怨道：“少爷，太冷啦！”

“再走快些吧，走快了就暖和啦。”夏乾使劲拽着驴车，“这里不太平，等到了兰州城，咱们再好好休息。”

“少爷，兰州安全吗？”

“安全。”夏乾说完，心里却沉甸甸的。他本想将货物运到长安，特意在兰州建了仓库。哪里知道，货物还没到兰州，就被劫匪劫走了。夏乾去赎回，又花了很多钱。

“少爷，还有多远呀？”

“要到了，就要到了！你们看前面。”

远处黄沙弥漫，隐约可见黄色的城墙。那里便是兰州城了。它矗立在那里，孤零零的，像是被大宋遗弃的孩子。

城门口有个老人，正站在寒风中等人。远远地，夏乾就看见了他，吃了一惊：“夏至！”

是夏至。他正站在城门前，寒风中，有些佝偻，不似几年前挺拔，头上似乎多了一些白发。夏至听见夏乾叫他，忙笑着挥了挥手，跑了过来，帮夏乾拉住驴子。

夏乾又惊又喜：“你怎么来了？你身体还好吗？”

夏至满脸笑意：“还好。老爷和夫人让我来看看你。少爷，还有两个月，就要过年啦。”

是呀，快过年了。夏乾太忙，早就忘了日子了。

夏至叹道：“老爷和夫人挂念着你，怕你今年也不回家。”

夏乾道：“嗯。”

“他们一直想让你回家。”

“我知道。”

“你不回去？”

“不回去。”

“是因为忙生意？”

“对。”

“还是……你还想着那个姑娘？”

夏乾没说话。

“这件事已经过去一段时间了，在洛阳，是老爷和夫人不对，可你也不能——”

“不是他们的原因。夏至，这件事就别提了。”夏乾很是疲惫，“你先回客栈歇脚，我还要去盘账呢。”

夏至担忧道：“你别太累了，少爷。”

“我没事。”

“我看你都瘦了。”

“你先回城落脚，客栈和驿馆都是我的，晚上咱们喝一杯，就当是提前过年了。你也算见到我了，明日便回去，这样你也好交差。”

夏乾语速很快，像是在敷衍。夏至的眼睛闪动了一下。这些话让他伤心了。

而夏乾已经累得不想讲话了。他拉着货物慢慢进了兰州城的城门。不少新的店铺招牌已经挂起来了，一些房子还在刷漆。夏乾帮夏至安排好房间，直接去仓库卸货。待月亮升起来，他点了灯，开始盘账。

就在此时，他忽然听见窗台上有声音。

是鸽子。鸽子像是迷路了，在这里歇脚。

夏乾起身去看。借着月光，他发现鸽子腿上绑着个小桶。他把鸽子抱起，却听见楼梯上有脚步声，一个伙计小心翼翼地上楼来了。

夏乾问他：“是你的鸽子？”

伙计支支吾吾：“不、不是……不是我的，是那个劳工张老爹的。”

夏乾眉头一皱："这是信鸽。官府贴了告示，严禁私飞信鸽。咱们的驿馆，不应该再有信鸽了。"

伙计道："鸽子是禁令颁布之前送去京城的，现在鸽子飞回来，我们也拦不住啊。掌柜的，给我吧，我把鸽子关笼子里去。"

伙计伸手想把鸽子拿过来，夏乾没给他，问道："这鸽子是张老爹买的？"

"对，是他买的。"

"他在京城有亲人？"

"好像……他儿子在书院读书。"

"他买了多少只？"

"二十多只……"

"二十多只？"夏乾有些震惊，"一只鸽子一两银子，这就要二十多两，他有这么多钱？"

伙计赶紧道："掌柜的，我不想私自昧下钱，只、只是账目还未来得及记录呢。"

夏乾瞪他一眼，伙计更害怕了。

良久，夏乾才道："你现在去把张老爹叫过来，我要问话。"

伙计应声离开。夏乾看着鸽子，越发觉得不对。

兰州附近总有敌军出没，刺探军情，信鸽是最好的通信方式，所以官府禁止百姓私自飞信鸽。但西夏探子在城外，没有固定的驻扎地点，如果要用信鸽通信，需要一个固定的地方等待鸽子归巢，而兰州唯一的驿馆就是夏乾开的这家。

想到这里，夏乾越发紧张了。他在房间里走来走去，直到伙计跑了回来，紧张道："张老爹不见了，行李也没了。"

夏乾立即穿上外衣，道："你跟我去一趟官府。"

"现在去？半夜三更的，衙门早没人了。"

"当然现在去！"夏乾生气道，"你可能闯了大祸。快走，到了官府，把事情一五一十讲清楚！"

一更的梆子响了。兰州城里静悄悄的，一个做生意的小贩也没有，更别提夜市了。夏乾拽着伙计来到了兰州府衙。府衙内戒备森严，周围全是官兵。夏乾对小吏简单说了这件事。很快，一个官兵出来，道："请夏公子独自来一趟。"

夏乾点点头，跟了进去。还没进房间，他就听到一个熟悉的、粗犷的声音。

"咱们在京城查了这么久，一直找不到他们的据点。这几天风声紧，咱们再好好检查下，做好部署。"

夏乾闻声，在门外喊了一句："狄大哥？"

只见门嘭的一声开了。狄震站在门内，朝夏乾咧嘴一笑："夏小爷！提前给你拜年了！"

夏乾高兴道："好久没有你的消息了，我还以为你四处喝酒去了！"

狄震哈哈一笑："我一直在给朝廷当狗腿子，在兰州抓奸细。要不是你报官，我还见不到你呢！这是于天仁和罗治平，都是我兄弟。"

夏乾行了个礼，道："飞信鸽的张老爹……"

狄震目光一沉："我们核实了一下，他在下午带着行李出了城。这个人很可疑。"

夏乾急道："都是我没看好手下。"

狄震一摆手："这事可不怪你。这帮人很刁钻，狡猾得很。我想问的是，信送到哪里了？京城？"

夏乾点点头："听说是京城。"

狄震的眼神沉了下来，看了看其他两人。于天仁明白了他的意思，道："我现在就给京城送信，让他们好好盯着。"

狄震叹气道："大理寺的人在京城盯了一年，什么都没发现，真是没用。"

夏乾问道："你们怎么聚集在这里？是不是在找西夏探子呀？"

于天仁和罗治平对视了一眼。狄震道："大家放心，这是夏乾夏掌柜，我的好兄弟，是自己人。"

夏乾行了礼，于、罗二人点了点头。狄震关好门，招呼夏乾坐下："我们的确是被派来办事的，但行动不太方便，想找一些当地的商人帮我们打掩护，做一些送信、收治伤员之类的事。"

夏乾想了一下，道："我可以帮忙。"

狄震道："真的吗？"

夏乾点点头："我的驿站你们随便用，想要派人驻扎，也都没有问题。药材铺也有，有需要，我叫人送药来。"

三人听后都很是开心。狄震拍着夏乾的肩膀，对同伴道："看见没有，我就说夏小爷够意思！"

夏乾不好意思地挠挠头："只要是对大宋有利的事，我都可以帮忙。其他的商人难道不同意？"

狄震叹道："一般是不会同意的。有些人即便同意了，我们也信不过呀。”

夏乾问道：“我听说又要打仗了，是真的吗？”

三人都叹了口气。狄震很是严肃：“没听见打仗的风声。但去年议和之后，西夏人还是蠢蠢欲动，一边安排军队滋扰边境，一边安排探子到处打听消息。他们有可能突然袭击。我们不能坐以待毙，就在这边一直驻扎。汴京城那边，燕以敖已经开始着手负责这件事了。对了，你易哥哥也被叫去给大理寺干活儿了，还给了他不少俸禄呢。”

夏乾一怔：“厢泉也被叫去了？”

狄震点点头：“不知道他抵达汴京城了没有。”

夏乾问道：“为什么会叫他去？我们只是帮帮忙，破点小案子……我明白了，你们也要找白景询，对不对？”

狄震点点头：“没错。大理寺要易厢泉帮忙找到白景询。”

夏乾一惊：“他真的是西夏奸细？”

“目前来看，的确是。”

“那有消息了吗？”

狄震摇头：“没有。这么长时间，我们这些吃官粮的，也没打听出什么有用的信息，还不如你易哥哥呢。今年四月的时候，他从蓬莱给我们送来好几个人的画像。你见过吧？”

夏乾点点头：“见过，我们一起在蓬莱找人画的。”

狄震点点头，勾勾手，把夏乾带到一面墙前，上面贴着一些画像。狄震指着那些画像，道：“凭借这些画像，我们又派了一些探子在兴庆府打探，可算是摸清了情况。这伙人是西夏的探子，受命于西夏太后。”

他指着第一个人，道：“这个人是伯叔，咱们都见过，年轻的时候在西夏官场任职，后来去大宋做了探子，当了酒楼掌柜，大肆敛财。现在他又回到了兴庆府任职，一直没回大宋。第二个人，是肖统。”

夏乾接话道：“他多年前在仙鱼苑扮成乞丐，拿走了仙鱼苑里的银子。还有，他在大理杀了鹅黄。”

狄震点头道：“根据大理寺的卷宗，这个肖统武艺高强，是个心狠手辣的杀手。你再看下一个。”

“没有画像？”

“没有。这个人绰号叫‘石掌柜’，是常年潜伏在京城的人，但我们不清楚他的年纪，也不清楚是男是女。他接替了伯叔的位置，有一定的关系网，在汴京城打探情况，再负责送些消息。你再看最后一个人。”

夏乾问道：“还是没有画像？”

狄震叹道：“第四个人叫无影，是个潜伏、追踪高手。听说，他很擅长伪装，可以轻松进入任何地方，骗过所有人。”

夏乾赞叹道：“能找到这么多消息，你们真的很厉害。”

狄震摆摆手：“在这鬼地方待了一年，才查出这么点东西……最关键的人是他。”

他敲了敲最高处的墙上，那里挂着白景询的画像。

狄震抬头看着，道：“没有这个人的消息。”

夏乾问道：“画像都有了，却什么都打听不到？”

“打听不到。我们在西夏的探子，能查到有个姓白的人曾经在西夏为官，似乎是太后羽翼，也是所有探子的头目。但找不到他的其他任何资料，也查不出他的下落。”

夏乾看着画像，叹了口气。

狄震道："但我们收到一些风声——今年冬天起，大量西夏探子进入了汴京城，不停打探消息、制造混乱。听说在三个月之内，西夏会对大宋采取重要行动。"

他说完这句话，所有人的脸色都很难看。

夏乾问道："他们的目的是什么？是什么行动？"

狄震摇头："现在还不清楚，听说西夏太后对这些探子一直都不太满意。如果他们行动失败，整个西夏的探子组织会进行调整。"

夏乾听明白了："如果行动不成功，白景询就会丢掉官职。"

狄震道："差不多是这个意思吧。西夏对大宋的政策可能也会出现变化。"

"三个月，"夏乾道，"也就是说，三个月内，我们必须阻止他们。"

狄震点头："只要能阻止白景询的行动，我们就获得了巨大成功。"

夏乾道："如果有困难，我一定帮忙。"

狄震拍了拍他的肩膀："我会给大理寺写封信，如果有需要，他们会联系你。从今往后，你、易厢泉、我们，还有大理寺的人……大家就是同伙啦。"

夏乾笑道："我们本来就是同伙。"

众人都笑了，狄震也笑了。忽然，他想起什么，犹豫了一下，道："其实这次叫你来，还有件事要告诉你。"

"什么事？"

"你跟我出城一趟，路上说。"

月亮越升越高，二更天了。寂静的兰州城里只有他们两人的身影。

夏乾跟在狄震后面出了城，走入树林，问道：“究竟怎么啦？”

狄震道：“三天前，我们抓到一个探子，在他身上发现了一封书信，里面有地址和暗杀名单，上面有一个名字，这个人你认识。”狄震顿了顿，“是柳三。”

夏乾忽然有了不好的预感，道：“柳三拿了长生不老药，当然会在名单上。”

狄震停下脚步，问他：“是柳三拿了长生不老药？这点你可从没说过。”

夏乾一愣：“我——”

狄震道：“柳三死了。”

夏乾一惊：“什么？”

“柳三死了，和他的妻子一起。”

风吹得树叶沙沙响，有些冷。柳三的名字随着风吹入夏乾耳中，轻飘飘的。夏乾停下脚步，心思一下子乱了。柳三怎么会死呢？他的武功那么高。他不是躲起来了吗？也许是狄震弄错了。

夏乾抬头看了看狄震。狄震低头避开了他的目光：“就在昨天早上，我们根据地址，找到一个山间民居。民居着了大火，里面有两个人的尸体，是一对夫妇，能依稀看出样貌。屋内被人翻得很乱，但钱财并未丢失。残存的碎片里有一些习字的字帖，像王羲之的字。除此之外，还有一个古怪的机关盒子，里面已经空了。但我扒拉了一下，盒子里镶嵌着一些东西。”

狄震从怀里掏出一个布包递给夏乾。

夏乾慢慢解开，里面是烧焦的犀骨筷。

月光下，狄震看了他一眼，叹道：“我原来就觉得柳三这小子不简单，但真是想不到……他就是青衣奇盗。他是被人先用刀杀了，再放火烧死的。柳三这小子，居然还有老婆。他妻子和他死在一起。但你一点儿也不吃惊，看来你早就知道……”

狄震不说话了。

夏乾的表情已经不对了，不但没有说话，更没有继续往前走，而是靠着大树坐了下来。

夜风真冷啊，天空中的月亮也很圆。一年前，柳三和他分别的那天，天空中的月亮也是这么圆。柳三怎么会死呢？他根本不相信。

可看到犀骨筷，他就不得不信了。

犀骨筷烧焦了，柳三再也回不来了。

夏乾觉得眼泪在眼眶中打转。他忍着，道：“要认尸吗？”

狄震蹲了下来：“不用，尸体我也能认个七七八八。”

夏乾低着头，好像偷偷哭了。风沙吹过树林，像在低语。狄震拍了拍他的肩膀，看了看周围，道：“要哭，回去再哭吧。夏小爷，你要跟我去办正事。”

“我不想去。”

“先起来。”

“我不去。”

“我们在屋内发现了一个女孩。”

夏乾一愣，抬起头来。

狄震站起身来：“女孩藏在地下室，大概七八岁的样子。一见我们，她就尖叫，也不肯离开。地下室里有水和饼，也不知她在那里多少天了……我问你，柳三有女儿吗？”

夏乾急道：“有，叫柳凝。她现在哪里？”

狄震朝他勾勾手指，示意跟他走。两人来到一个小院，院子里的花草已经被烧焦了，依稀能看出种过兰花。屋子里一股扑鼻的味道，书架、锅碗瓢盆都被翻乱了。柳三夫妇的尸体摆在一边，用草席盖着。

夏乾想离开这里，多希望这都不是真的。当他掀开草席的时候，手已经抖了。

是柳三没错。

旁边的官兵道：“夫妻倒在地板的门上，应该是想护住女儿。”

夏乾擦擦眼睛，站起来：“孩子在哪儿？”

狄震指了指地板。打开来，地板下方是一个不大的地窖，里面亮着一盏油灯，一个女孩脸色苍白，抱着腿坐在那里。

夏乾问道：“你爹是不是柳三？”

女孩的眼睛动了动，点了点头，没有说话。

“你是不是叫柳凝？”

女孩看了他一眼，突然开始哭了。夏乾忙道：“出来吧，你现在安全啦。”

女孩哭着摇头。夏乾道：“你爹……你爹和你娘都去世了。我叫夏乾，是你爹的朋友。你跟着我走，好不好？”

他劝了柳凝很久。终于，柳凝慢慢走出地窖。她挺高的，看起来比七岁大些，一直哭，一句话也不说。夏乾把她背起来，对狄震道：“柳三的后事，我出钱办。”

狄震道：“这事不用你操心。这孩子怕是看到了当时的情景，受了刺激。我本想问话，可是她什么都不说……看着状况不太好，得找个郎中看看。”

夏乾叹道：“兰州条件不太好，过一阵儿，我回汴京城，把她带回去让郎中好好瞧瞧。如果她知道什么，易厢泉也会问出来的。”

狄震赶紧点头。他们又说了一会儿话，狄震留在这里处理后事，夏乾背着柳凝回了城。

明晃晃的月光照着二人，夏乾一步步走着，慢慢地，他想起了他和柳三在一起胡闹的日子。在汴京城的冬天，他们第一次相遇，后来又一起去了西域，一起被困在地宫里，再后来，柳三在西域的客栈里和他道别。

“夏小爷，再见啦。”

柳三的话仿佛还在耳边，他怎么会死了呢？想着想着，夏乾觉得自己哭了。但他腾不出手来擦眼泪，柳凝还在他背上呢。

柳凝也哭了一路。直到二人走到树林尽头，夏乾才道：“你爹是个很好的人。你不要担心了，我会送你去汴京城。你到我的客栈里住，叫金雀楼，你爹以前还在那儿打过杂呢！不管以后怎样，金雀楼就是你的家，你会快乐长大，然后……”

“少爷！”几个伙计正在门口等他，见他回来，吃了一惊，“怎么多了个孩子？”

“别问了。这几天不太平，不要随便违反官府禁令。明日还要上工，你们回去休息吧。”夏乾的眼睛已经红了，他挥了挥手，让大家散了，自己把柳凝带回房间，帮她铺好床，打好水，又找来吃的。柳凝自己吃东西、洗漱，像个大人一样，但就是不说话。直到月上中天，她才昏昏沉沉地睡去。

夏乾草草地洗漱后，终于躺下了。

太累了，来兰州好几日，世道不稳，货物被劫。赎货物，建仓库，一直在赔钱，手下人又不得力，只能自己干。钱的事，慕容蓉已经帮了他很多，他也不可能向夏家开口借钱周转，韩姜的事令他耿耿于怀，何况，现在夏家还需要他周济呢。

以后可怎么办呢？他今年二十二岁，如果换作几年前，他很难想象自己会过这样辛苦的日子。可他早就成人了，必须要对自己做的事负责呀。

金雀楼，对，金雀楼赚了点钱，账还没盘点。

夏乾翻了个身。他告诉自己，一切都会好的。

半梦半醒之间，他听到一些声音，似乎是鸟鸣声。

他又翻了个身，忽然听到一声巨响，房屋晃了一下。紧接着，窗外传来阵阵吵嚷声、叫喊声。夏乾急忙起来，奔窗口看了一眼。今夜明月高悬，天空中似乎有很多星星。但那不是普通的星星，而是像焰火余晖一样的金色光点。它们快速升空，又快速落下！

是箭！

夏乾脑中空白了一瞬。透过窗户可以看到，西边的天空明亮起来。紧接着，又是轰隆一声，房屋再一次晃动。原本空旷的街上，衣冠不整的百姓跑了出来，拼命地奔逃着，高声呼喊：“快跑呀！打仗啦！”

夏乾脸色一白，立即冲到隔壁房间。柳凝正坐在床边哭。夏乾拽着柳凝，迅速冲下楼。他想着后院还有马匹，可以骑马逃离。可当他来到后院，发现驴、马全受惊跑了。紧接着，他的耳边又传来轰隆一声，他这才意识到，巨大的声响来自兰州城外的烟花工坊，那里爆炸了，连带引燃了一旁十几个库房，包括夏乾的客栈。

夏乾脸色苍白，他和大部分伙计睡在库房，客栈那边也住了几个伙计。他赶紧过去看，可那里已经被炸成一片废墟。人们哭着、喊着……夏乾拼命地救人。他把受伤的人背起，一边背，一边数，一个，两个……伙计们非死即伤，但好在都在。

在余烟中，他忽然想起一个人来。

夏至。

夏至今晚一直在客栈，等他一起吃饭呢。

第二章
拘　捕

“兰州爆炸了？”

“爆炸？不是打仗？”

“不是打仗，是爆炸，炸死不少人呢，听说夏家都死了人。”

“是那个经商的夏家？”

就在易厢泉回到汴京城的当天，就听到了兰州爆炸的消息，满街的百姓都在议论。他赶紧去夏家询问情况。当他走进院子，映入眼帘的是一具棺材。

是夏至的。夏老爷在主持丧仪，其他的家丁、婢女都穿着白衣。作为夏宅的管家，夏至做了很多事，还陪伴夏乾一起长大。易厢泉穿过人群，始终不见夏乾的身影。

冬霜哭着道：“少爷没事，自己在房间里呢。他把夏至的尸体带回来之后，就不再说话，也不让我们去打扰他。”

易厢泉立即去了夏乾的房间。远远地，他看见门口有烛光。敲门无人应，易厢泉便直接推开了门。

房间里有些昏暗，只点了一根蜡烛。夏乾就坐在桌前。他很久没见到易厢泉了，若是以前，夏乾一定会转过头来和他打招呼。可现在他一动不动，盯着一只小布老虎看。

布老虎长得很奇怪，绿色的，有翅膀。

易厢泉没说话，而是去给夏乾倒了一杯热茶。热气蒸腾到空中，熏了夏乾的眼睛。终于，他动了动，看见易厢泉，挤出一丝笑。

易厢泉看着布老虎，问道："夏至买给你的？"

"是他做的，里面是荞麦皮。我小时候特别喜欢它，会拿它当枕头。"说完，他伸出手，捏了捏老虎的爪子。爪子很柔软，前端被磨破了皮。

易厢泉道："我第一次见到这样的布老虎。"

夏乾道："我小时候，爹娘总不在身边，每次夜里醒来，总是哭。夏至问我为什么哭，我其实是想爹娘，但偏偏说想要一只绿色的、有翅膀的老虎。可哪有这样的老虎。夏至买了几个，我都说不像。最后，他就亲自做了一只给我。都说男子不能做针线活儿，可夏至就做了。"

易厢泉也捏了一下。老虎的针脚很细密，缝得很用心。

"不只是这个，木头的刀、剑，我第一把弓……都是夏至给我做的。他看着我长大，看了二十年。"夏乾有些恍惚，"从我出生，到我离开家，直到我去了兰州，他还是放心不下。"

易厢泉没有说话。小布老虎一直虎虎生威地看着前方，好像一直在守护着夏乾。

夏乾道：“我一直在想，如果他不去兰州呢？是不是就没事了？他偏偏去了，而且一直在客栈等着我，只是想和我吃一顿饭而已。现在想起来，我最后对他说的是什么呀！是让他‘赶紧回来交差’。他肯定很伤心。我怎么能说那样的话？我怎么能那样说……”

夏乾哭了。

自从长大以后，夏乾很少哭了，但这次他是真的难过。夏至不是大管家，更像夏乾真正的父亲。

易厢泉只是在一旁看着他，迟迟没说话。痛苦是无法用言语消解的，但陪伴可以减轻痛苦。夏乾就这样一直流泪，直到蜡烛灭了，易厢泉站起来重新点了一根。

夏乾擦了擦眼泪，呼出一口气：“你是刚从蓬莱回来？有住的地方吗？我去给你安排住的地方。”

易厢泉道：“不用了，我住大理寺，已经安排好了。我只是来看看你。”

他还想说什么，却欲言又止。夏乾一下子就看出他不对劲，问道：“你知道兰州为什么爆炸，对不对？”

易厢泉犹豫了。他不确定是不是应该现在告诉夏乾。

“厢泉，到底是怎么回事？兰州爆炸的不是烟花工坊？”

易厢泉道：“不是，是火器营。”

夏乾愣了一下。他不知道旁边有火器营。早知如此，他就不会把客栈建在那里。他胡思乱想了一会儿，问道：“是意外吗？”

夏乾直直地看着易厢泉。易厢泉避开了他的目光：“还没查清楚，现在还不确定。”

“不是意外，那就是人为的了？”

“大理寺还在调查。夏乾，你先冷静一下。”

“我很冷静。”夏乾看着布老虎，道，“从兰州到汴京城，我冷静了一路，也想了一路。我原先以为这件事是意外。若是那样，是天命难违。但如果爆炸是人为的……厢泉，你应该理解我的感受。”

易厢泉没有说话。他理解，他当然理解了。当年他参加师父和师母葬礼的时候，就是这种感觉。

夏乾擦了擦眼泪：“我一会儿跟你去大理寺。”

易厢泉担忧道：“你先休息，你还有生意的事要处理……”

“不用。”夏乾摇头，“生意的事在兰州时就打点得差不多了。这次回来，我要跟你一起把事情查清楚。我已经跟狄震说好了，大理寺的人也同意了。”

易厢泉看着他发红的眼睛，坚决让他休息。就在这时，门口有动静。易厢泉直接把门拉开，看见柳凝害怕地站在门口。

“这是柳三的孩子。”夏乾上前对易厢泉道，“柳凝，回房间去，我一会儿就回来。”

柳凝摇摇头，很害怕的样子。她不想自己待在夏家。夏乾劝了她很久，终于让下人把她带了下去。夏乾道：“她经历了太多变故，年纪还这么小。”

易厢泉看着柳凝的背影，叹气道：“柳三的事，我听说了。”

想起柳三，夏乾的心里更加难受了。他看向易厢泉，道：“是白景询他们做的。”

易厢泉没有说话，但他的神色有些不对。

夏乾看着他的脸色，问：“你和狄震通过信了？你是不是有事瞒着我？”

易厢泉道：“明天再说。”

夏乾一下子就明白了：“火器营也是他们炸的，对不对？”

烛光映在夏乾的眼睛里。而夏乾盯着易厢泉，他在等实话。

易厢泉避开他的目光。最终，他还是开口了：“是西夏探子做的。”

夏乾闭上了眼睛。他想压制住内心的恨意，可是恨意怎么可能压制得住呢？他嘭的一声坐下，喝了一杯茶，盯着火焰，问道：“还有呢？”

易厢泉道：“爆炸的地方是大宋唯一的火器营。宋、夏交战的时候，大宋的火器非常落后。皇上很痛心，认为必须制作火器，才能在日后的战争中不再吃亏。但要跟别国工匠合作才行。群臣听说此事，都不同意。皇上直接下了密旨，让工部顾忠实大人秘密执行，在兰州城外建立火器营，造好之后可以直接送去战场。火器营刚建立一个月，没想到就出了这样的事……”

夏乾道：“死了很多人。”

易厢泉点点头：“顾大人和他的学生，一共死了五个。辽人工匠死了五个，大宋的工匠死了二十个，百姓的数量没有统计。”

夏乾的头垂了下去。没有统计，这四个字平淡又悲哀。只有他知道，那一晚究竟有多可怕，夏至再也回不来了。

夏乾愣了一会儿，终于站起身来：“我要跟你一起去大理寺问清楚，要不然心里难受。”

易厢泉道：“你先休息。明天天一亮，我带你去。”

第二天清晨，天特别冷，北风把纸钱都吹到了街边，好像下了一场可怕的雪。易厢泉和夏乾准备起程，柳凝硬要跟着。

夏乾没办法，只得背起她继续走。很快，就看到了大理寺的红墙。待进了后衙，他们发现大理寺的官员一大早就已开始忙碌起来了。燕以敖在厅堂里坐着，见了他们，直接看向夏乾："你在兰州这么久，有没有发现可疑的人？"

夏乾如实答道："除了发现一只信鸽，其他的，我也不知道。"

燕以敖沉默了，没有说话。

易厢泉问道："进展如何了？查到什么了吗？"

万冲叹道："火器营的建造是个秘密，只有少数几名官员知道。原本我们以为是西夏探子在兰州探查的时候发现的，但现在看来，并不是这样。"

燕以敖一抬手："万冲，你去把字条拿来，给他们看看。"

万冲闻言，便把一张字条递给了易厢泉和夏乾："这字条是从汴京城飞往兰州的信鸽身上截获的。西夏探子用信鸽递送消息，又怕消息送不到，一次会放飞很多只。我们擒获了其中一只。这字条看似是一封家书，其实，空白处有西夏文，是用针扎出来的。这是西夏探子的惯用伎俩，我们已经翻译出来了，意思是'烟花工坊是火器营'。"

夏乾一下子就明白了："建造火器营的消息是从汴京城透露出去的？"

万冲点头："不仅是这个，三天前，皇上秘密下令重修火器营，一部分人立即去了火器营新址，准备搭建。新任工部尚书还没从汴京城出发，新火器营又被西夏人炸毁了。这是第二张字条，消息还是从汴京城泄露出去的。"

他把字条递给易厢泉。易厢泉看了看，整体的制式和第一张一模一样，应该是同一个人寄的。

夏乾一惊："这样重要的消息都能外泄，而且外泄两次？看来这个探子在朝廷潜伏得很深，会不会是工部的人？"

燕以敖道："有可能。皇城司的人一直在调查，兵部、工部的所有官员都要接受审问，他们的亲眷现在都在大理寺接受盘查，但现在像没头苍蝇，除了这张字条，什么证据都没有。"

易厢泉又看了看字条，道："纸和墨的质地都非常好。"

万冲点点头："我们已经查过了，有三个地方大规模采买过这种纸和墨。第一个是皇宫，已经在排查了；第二个是白马书院。一个月前，我们就去了白马书院盯梢，直到今天都没有任何发现。除此之外，也有很多散客在买。"

夏乾叹道："汴京城文人墨客很多，这纸和墨岂不遍地都是？狄震曾经说过，有个叫石掌柜的西夏人接替了伯叔的职位，在汴京城潜伏。会不会是他做的？他会不会也是酒楼的掌柜？"

万冲眉头一皱，道："但这种机密消息，会从酒楼流出去吗？"

夏乾道："也许是官员去哪里喝酒，无意中透露的。"

也许他的猜想是对的，但漫无目的地猜想并不能指引调查方向。汴京城看起来到处都是可疑的地方，如果酒楼、赌坊全都彻查，无异于大海捞针。

众人都沉默了。易厢泉没有说话，他一直盯着字条，凑近看，也没有其他发现。

但上面有种味道。

是薄荷吗？

他闻了闻，味道很淡，不像是薄荷。夏乾也闻了闻："好像在哪儿闻到过。"

易厢泉问道："附近有药房吗？"

万冲道："大理寺附近就有。"

万冲二话不说，带着他们出门，转了两个街口，来到一家药房。门口有一个穿着白上衣、黑裤子的伙计，好像去了哪里刚回来，气喘吁吁的，见万冲穿着官服，拦住他，问道："官爷，什么事？"

万冲道："你们掌柜的呢？"

伙计擦擦汗："有事找我就行。"

易厢泉问道："这字条有气味，却不知是什么。"

伙计闻了闻："香料味，红都酒楼特有的香料，酿酒的时候会加进去。肯定是记账的伙计手上沾了酒。"

夏乾问道："只有红都酒楼会有这种味道？"

伙计点点头："对。香气特殊，只有它家有。客官不信，去问问便知。"

万冲转头对易厢泉和夏乾道："我回大理寺，马上带人过去。"

易厢泉道："这里离红都酒楼不远，我想提前去看看。"

他有些着急。的确，查了这么多年，已经快要查到幕后人了，可能就差几步，就能把西夏探子全部找到。万冲理解他的心情，想了想，道："行。但你们不要靠近，西夏探子可能认得你们。还有……"

"不能打草惊蛇。"夏乾点了点头，"我们会小心的。"

万冲道："一炷香之后，我会带人乔装成食客。你们就在酒楼对面盯梢，注意一下可疑的人。”

三个人就这么说定了。

易厢泉和夏乾一起穿过街道，来到浚仪路旁边的小巷，周围是熙熙攘攘的夜市，远处是浚仪桥。红都酒楼就在桥边，是汴京城有名的酒楼。酒楼对面有几个小摊，工部和兵部的官员有时候会在这里吃饭。

易厢泉和夏乾望过去，街上来来往往都是行人。红都酒楼宾客满座，生意好极了。可酒楼对面的羊肉汤摊位生意寥寥，只有一个男人坐在那儿。

夏乾问道：“要不要去那个摊位坐着？”

易厢泉摇头：“不行，太明显了。”

夏乾东张西望：“可这里离红都酒楼太远了，什么都看不清。”

易厢泉忽然眯了眯眼，道：“那个人有些眼熟。”

夏乾问道：“哪个？”

易厢泉指了指坐在羊肉汤摊位的男子。他看起来三四十岁，面容瘦削，眼神阴沉。

夏乾摇头：“我没印象。咱俩一直在一起，你见过的人，我应该见过呀。”

易厢泉皱起眉头。和夏乾不一样，于他而言，记住人的面孔并不容易，所以，他一时很难想起来在哪儿见过这个男人。二人就这样讨论了一会儿，夏乾道：“咱们离得太远，很难看清。这样，我去买一碗羊肉汤，离得近一些，好好认一认。”

易厢泉道：“小心。”

夏乾点点头，稍微走近了一些，偷偷观察那男子。那男子腰间配刀，羊肉汤一直摆在他面前，一点儿热气也没有。

夏乾确信自己没见过他。可易厢泉怎么就见过呢？

就在此时，男子猝不及防地站了起来，丢下钱，快步离开了。

他走路一点儿声音也没有。

夏乾心中忽然有了一丝警惕。他没有动，而是下意识地摸向袖口——那里藏着匕首。就在此时，男子忽然快速跑了起来，直接冲到巷口，举刀朝易厢泉砍去！

“厢泉！”夏乾掏出匕首，直接一掷，居然刺中了男人的腿。而就这一下，让男人的刀偏了一些——易厢泉顺利地躲开了。

易厢泉震惊之余，转身回旋，掏出扇子，一连几镖射过去。男子中了镖，腿又受了伤，呻吟了一声。就在此时，他们的打斗声惊扰了附近的百姓。百姓惊叫着四散开来，整个浚仪路夜市乱成一团。

男子受了伤，见势头不妙，转身要跑。恰在此时，浚仪桥的另一边，万冲带着人正往红都酒楼赶来。双方冷不丁打了个照面。易厢泉高喊一声：“抓住他！”

万冲迅速反应过来，直接一跃而起，两三招过后，男子被大理寺的人包围，束手就擒了。

夜深了，大理寺的人忙成一团。整个红都酒楼被查封，所有人都被带回去问话。易厢泉和夏乾回到大理寺，与他们同来的还有孙洵。

“你们都没受伤？”孙洵紧张地看了看他们，又给易厢泉号了脉，“就凭你俩的功夫，居然没受伤？”

夏乾点点头：“没有。因为察觉到那人不对劲，我们反应很快。”

孙洵叹道："还好你们两个都在场，兵器也用得顺手。你！明知道外面有危险，还去那里干什么？离贼窝那么近，生怕自己命不够搭吗？"

她瞪着眼说了易厢泉几句。易厢泉心知有错，一句话都没反驳。接着，孙洵又看向夏乾："还有你，他傻，你也傻！带着傻子去贼窝门口东张西望？"

夏乾挠挠头："我们知道了，下次不去了。"

孙洵还想说什么，万冲推门进来："孙郎中，仵作暂时没到，你要不要看看尸体？抓到的那个人死了。"

孙洵答应了："我不动刀，先帮着看一看。"

易厢泉道："我们一起去。"

一行人来到大理寺旁边的小房间。这里摆放着尸体。孙洵上前检查，万冲道："目前我们查出来红都酒楼在一年前更换了掌柜，姓石，就是现在躺着的这位。"

他指了指尸体。

夏乾道："石掌柜是不是就是他？"

易厢泉问："工部的消息是红都酒楼泄密出去的吗？"

万冲摇头道："目前还不清楚，但这家酒楼养了信鸽。其他的事我们还在查。"

正在这个时候，周围传来一阵哭喊声。夏乾问："是在审问？"

万冲点头："是，红都酒楼的小厮和陪酒女都被带来问话了。工部和兵部的人经常去那里用餐，那里很有可能就是探子的窝点。"

夏乾小声道："哭喊声好大啊。"

万冲叉腰道："我们可没用刑，是这些人的亲属在大理寺门口要人，说我们错抓了好人。但我们怎么可能放人？即便不是探子，多半也能了解些内情，怎么也得审上几天。”

他在一旁说着，易厢泉却皱了皱眉头。他仔细看了看尸体的脸，问道：“万冲，你能找到前几年的通缉犯画像吗？”

万冲答道：“能。怎么了？尸体像谁？你们之前在蓬莱拿走的画像，可没有跟他一样的人。至于通缉犯……”说完，他愣了一下。

他和易厢泉都想起来了。

唐五。这个人很不起眼，也很容易被人忘记——大理寺的确签发过他的通缉令。他是曾经给吴府送酒的人，也是他间接害死了吴大人的女儿（见《天涯双探4》）。

夏乾道：“我没见过，你们见过？”

易厢泉道：“那时候你不在，你去了长安。”

万冲仔细看了看：“应该是唐五没错。他的脸颊比去年瘦了很多，但眉眼非常像。这就对上了，他的确是西夏探子。”

孙洵一直没说话，而是仔细地检查。她把死者的体征查了两遍，皱起了眉头。

易厢泉问道：“是不是哪里不对劲？”

孙洵抬头，道：“身上的伤不是致命伤，应该是服毒死的。一般这种死士都会这样，一旦被捕，立即服毒。其他的，需要等仵作来了再验。”

万冲道：“应该先确认他的身份。我一会儿把通缉令找来，再好好问问红都酒楼的人，还要问问当年吴家的人。不过，吴家的家丁都解散了，不知道还有谁。”

“曲泽。”孙洵抬起头，道，“我当年给曲泽看过眼睛，听她说过一件事。这个唐五在她小时候曾经绑架过她，虽然过了这么多年，但她仍然记得唐五的脸。”

听到曲泽的名字，夏乾愣了一下，没说话。

孙洵瞪了他一眼：“怎么，之前的事还没跟人家说清楚？”

夏乾没说话。万冲道：“今天太晚了，明天把曲泽姑娘请来认一认尸体。”

当夜，他们都在偏厅休息。夏乾辗转反侧，接近天亮才睡着。第二天，他睡过了头，醒来听说曲泽早就到了。夏乾急忙去正厅，恰巧和曲泽撞见。两个人都猝不及防。曲泽怔怔地看着他。夏乾满肚子的话，也说不出来了。

“好久不见。”曲泽先笑了一下。她很落落大方。

“好久不见。”夏乾也点了点头。

“尸体我刚才认出来了，就是当年拐卖我的人。”

“真是他？”

“对，就是他，我不会记错的。”

“这么多年过去了。”

“是呀，好多年啊。”

“当初如果不是他，你也不会离开家吧？”

“是，好在现在我回来了。”

“真好。”

二人说到这里，又沉默了。但曲泽没有要离开的意思，夏乾也没有。二人都盯了一会儿地面。曲泽问道：“屋内那个小女孩是……”

“是我朋友的孩子。”

“哦。孙郎中刚才给她问诊，但没有结果，已经把她送到慕容家的医馆了。”

“那就麻烦你们了。”

夏乾点点头。二人又沉默了。寒风刺骨，二人就这样在院子里发呆。终于，夏乾鼓起勇气，道：“你……后来找到了爹娘，就一直住在汴京城？”

曲泽道：“住不习惯，但好歹是家。”

她的头低了下去，但似乎没有了以前唯唯诺诺的样子。看得出来，她过得不错。

二人又沉默了。夏乾真没想到，再见面会这样尴尬。他想说的话，要怎么说出来呢？曲泽低着头，过了一会儿，像是鼓足了勇气，道：“从去年到现在，过了这么久……你……是不是还是喜欢韩姑娘？”

曲泽问出这句话，需要很大的勇气。夏乾没想到她问得如此直接，想了想，给出了直截了当的回答。

“是。”

他说完这个字，曲泽在这一瞬间是没有表情的，看起来很平静，好像早就知道了答案似的。

夏乾心里开始难过，他道：“对不起。”

“没什么对不起的，对不起什么呀。”曲泽快速地眨了眨眼，目光移开了，脸上却强笑着，“不是挺好的？”

“是挺好的。”夏乾的声音小了下去。

“是吧，我就知道，我早该问你的。”曲泽又低下头去，“我已经和家里人说了，过些日子就回南方去，那边也有慕容家的医馆，我去帮忙。”她又挤出笑来，“实在是过不惯这种大小姐的日子，我还是喜欢以前的生活。”

以前的生活？夏乾没有说话。庸城傅上星的事让他一直觉得自己对曲泽有愧，却又不知如何是好。这时，曲泽从怀里拿出一幅小画，是夏乾夹在书册里的，画上是一个拿着刀的姑娘。

夏乾一怔：“这不是……”

“上次去夏家，我发现的。我本以为画的是聂隐娘，仔细看，才发现是她。”曲泽笑了笑，但眼睛里有泪光，“以前在庸城时，你我就相识，你总给我讲一些故事，项羽的、聂隐娘的……我以为我们会一起在庸城。后来，你独自离家，我才慢慢明白，我是不了解你的，不理解你为什么要去那么远的地方，不理解你执意离家……不过，那些都没关系，只要你过得好就行了。”

曲泽说完，深深呼出了一口气，仿佛这口气憋了太久。

夏乾此刻又不知该说什么了。他感到难过极了，那些安慰的话语盘桓在嘴边，可无论哪一句都显得虚情假意。喜欢一个人是需要勇气的，直面事实也同样需要勇气。

“你会遇到很好的人，比我好很多。”夏乾想了很久，才说出这句话，“年轻有为，人又有才学。”

“可是再也没有第二个夏乾了。”曲泽擦了擦眼睛。

二人又沉默了。院子里的风很大，树上的叶子全都落了，但它们似乎不会因为落下而伤感，来年春天，依然会重新生发。

曲泽看着院子，找起话来：“不过来到汴京城，确实很有意思，我有了父母，有了家，我还去看了灯会，去了几次孙郎中的医馆。在庸城的时候，没见过女郎中呢……我以前觉得，等到了年纪，嫁个好人是一件挺幸福的事，后来觉得，自食其力也能生活。生活中有很多变数，也有很多可能……”

她断断续续地说完，好像也不知说了什么。

夏乾道：“你到了庸城，记得给我写信。以后如果有机会，我就去看你。不过，说不定我已经成家了。”

曲泽一撇嘴：“说不定我先嫁人，带着夫君来看你。”

二人又说了一会儿话，心情都好了不少，像是心里的担子都放下了。

曲泽道：“那我走了。”

夏乾点点头。曲泽刚转过身，又想起什么似的，转身对夏乾道：“其实，夏至一直在找韩姑娘。”

夏乾一愣：“什么？”

“谷雨上次来抓药时告诉我的。夏至瞒着老爷和夫人，去找韩姑娘。听说，她就在汴京城呢。”

她说完，朝夏乾挥了挥手，转身出了大理寺的院子。

夏乾愣了片刻。夏至，韩姜……这两个名字在他心中萦绕不去。他脑中乱了起来，忽然想落泪。夏至的身影又在他眼前浮现。他是那么好的一个人啊。

冬天的风吹在夏乾身上，他却感觉不到冷。他呆呆地站了一会儿，易厢泉出门来，看到他，以为他在想案件，问道：“你也觉得不对劲？”

夏乾胡乱应了一声。他还在想刚才的事，赶忙摇了摇头，希望自己能集中注意力。

易厢泉奇怪地看着他："你怎么了？是曲泽和你说了什么？"

夏乾回过神来："没什么，她说，唐五就是当初拐卖她的人。"

易厢泉低声道："你跟我进来一趟。"

夏乾问道："怎么啦？"

"孙洵要问话。她天不亮就赶过来验尸了。"

听见这话，夏乾赶紧跟着易厢泉进屋。孙洵一个人在那里洗刀具，满屋都是血腥味。

易厢泉道："人带来了。"

孙洵看向夏乾，问道："我问你，在抓捕过程中，你看到这个唐五吞药了吗？"

夏乾想了想，摇头道："没看到他吞药。他动手之前，一直坐在小摊那里，一口东西都没吃。打斗了一阵，他就被绑到了大理寺。怎么啦？"

孙洵道："刚才我打开尸体看过，唐五服用的毒药并不是药丸，而是和酒混在一起服下的药粉。既然你们都没看到他服毒，那他就是在动手之前服的毒。"

易厢泉眉头一皱。夏乾道："有这样的可能，在行动之前服毒，一旦被捕，就会毒发身亡。但是……"

但是好像哪里不对劲。

易厢泉道："如果唐五是红都酒楼的掌柜，那他就是西夏探子的重要头目，不会是低级杀手。而且，他一直坐在门口最显眼的位置，攻击不成，还失手被擒。这太奇怪了。"

孙洵一边洗手，一边道："可不止这一点。这个问题，我从一进门就问了。就凭你俩的武功，居然能毫发无损地逃脱，这件事本身就很奇怪。还有，你们是怎么查到红都酒楼的？‘石掌柜’就一定是酒楼掌柜吗？万一人家的绰号是‘孙郎中’，你们是不是也要抓我？”

面对孙洵的质问，易厢泉沉默不语，夏乾哑口无言。的确，她抓住了问题的关键。这个唐五有过案底，能被认出，还在酒楼交接的帖子上留下了容易辨识的名字。

这个人似乎是被故意安排的。

白景询以前做事，都是不露痕迹。即便要查，没有几天的时间，是查不出线索来的。但从昨日开始，他们发现字条，到夜查红都酒楼，一切都进行得格外顺利。只用了一天时间，就查出了泄密地点、泄密人，还把人抓了。

这确实不同寻常。

夏乾小声道："是不是白景询故意安排的？红都酒楼是个普通的酒楼，白景询让人用化名购买，之后经营了一年，为的就是怕有朝一日东窗事发，用这个酒楼和假的石掌柜来顶罪？"

易厢泉脸色一沉。夏乾的说法有些可怕，但有可能是真的。白景询做事一向周到谨慎，会提前布局。提前一年买个酒楼，用一个无足轻重的人去经营，这样的做法简单有效。如果红都酒楼是假线索，那大理寺为了调查酒楼，会一直不停地审问，至少要浪费一个月的时间。在这一个月里，大理寺的工作将会停滞，西夏人可以背地里采取任何行动。

孙洵收拾好药箱，道："你们再好好想想。对手不容小觑，在前面撒诱饵，撒一个，你们吃一个。太急功近利，小心被利用。易厢泉，你一直很冷静，如今怎么不多想想？查了这么多年，到这个关键时候了，不能犯错。"易厢泉知道错了，夏乾也赶紧点头。

孙洵又叮嘱了他们几句，这才匆匆离去。

夏乾叹了一声，坐在凳子上："孙洵真的好厉害！要是没有她，可怎么办呀！咱们哪里弄错了？"

易厢泉眉头紧皱："肯定是哪个环节错了。"

夏乾问道："是不是信？咱们把万冲找来问问，也许是信哪里错了。凭气味断定红都酒楼，是不是太武断了一些。"

易厢泉掏出信，道："信在我这儿。我总觉得在哪儿闻到过这个气味，不像是酿酒的味道。"

二人忽然想到了一个问题。

药房伙计。

夏乾紧张道："问题会不会出在那个伙计身上？"

易厢泉立即起身："咱们再去问问。"

二人出了大理寺，来到他们第一次询问的药房。远远地，他们又一次看到那个伙计。夏乾想叫住他，可那个伙计只看了他们一眼，就撒腿跑了。

夏乾想追，易厢泉拦住他："别追了，咱们直接进店去。"

崭新的白色招牌依然挂在那里，里面有一对老夫妇。

老人问道："买什么呀？"

夏乾问道："请问您店里的伙计……"

老人道："就我们俩，夫妻店。"

易厢泉眉头皱了一下。夏乾惊道："有个伙计，大概这么高，刚才还在门口收拾东西。"

老婆婆摆摆手："门口的闲人多了。街坊都知道，药店就我们俩，根本没雇过伙计。"

第三章

书　院

没雇过伙计。易厢泉和夏乾心里一凉，都没说话。

老人问道：“你们俩要来做什么呀？”

易厢泉掏出字条：“请问这字条上的气味是什么香料？是不是酿酒用的？”

老人闻了闻：“这是樟脑味儿，用来熏书的。整个汴京城就我们这儿能进货。”

夏乾问道：“那什么地方才用它？”

老人道：“樟脑一般和书卷在一起存放，防虫蛀。一般百姓人家不会买这个东西，只有书卷多的地方才会用到。让我查查册子……啊，京城只有白马书院用。”

易厢泉和夏乾心里都有些疑惑。夏乾问道：“别的地方不卖？”

老人道：“我们是药材进货商，只卖给了白马书院。”

待二人出了门，夏乾问道：“那个伙计也是探子？他们知道我们会来，所以在这里等着我们？”

易厢泉脸色阴沉：“恐怕是这样。”

夏乾摇头叹道：“这件事实在是可怕，街上全是白景询的眼线。他们现在应该知道，红都酒楼的事被我们发现了。”

易厢泉点了点头，道：“街上危险，咱们先回大理寺去，把事情跟燕以敖说一说。”

就在当天下午，一行人聚集在大理寺。面对关于白马书院的猜测，万冲又拿着信去其他药铺调查，确认了是樟脑的味道。当天晚上，燕以敖带来一个人，对易厢泉和夏乾道：“你们跟我来一下。”

他们来到一个房间，一个孩子坐在椅子上。孩子衣着贵气，脸色苍白，手里拿着一个木头制的小蜻蜓。

燕以敖低声道：“刚叫过来的。这是工部尚书顾大人的孩子。”

夏乾低声道：“那他爹……”

孩子见燕以敖来了，抬头看了看，眼睛里满是哀伤。

燕以敖蹲下，道：“顾小公子，你能把之前的事再说一遍吗？”

孩子的目光垂了下去：“我爹去火器营的事，整个府里没人知道，包括我娘。但我知道。我去他书房的时候，看到了火器图纸。我爹出发之后，我回到了书院。在书院里，其他孩子嘲笑我，说我爹被贬了，我……我就说……”

易厢泉问道：“说什么？”

“就说我爹没有被贬，他去造火器了。”

易厢泉和夏乾皆是一怔。孩子哭道："大家哄堂大笑，我就没再说话。我……我不知道是我害了我爹……"

易厢泉立即问道："你在哪里读书？白马书院？"

孩子擦了擦眼泪，点了点头。

"你说这句话的时候，周围都有什么人？"

"周围有很多同窗，也有教书先生。人很多，我不记得了……"

"你是哪天说的这句话？"

"十一月十一。那天早晨，我接到信，我爹抵达了兰州，之后我就回到书院，一直没回家。"

孩子又哭了。夏乾安慰了他几句，其他几人则默不作声。

待他们重新回到后衙，继续商量。

"不可能。"万冲眉头紧皱，"那时候白马书院已经封闭了。我们派人一直盯着，消息不可能传出来。"

夏乾问道："是官府封的吗？"

万冲摇头："是书院自发封闭的，为了准备明年的科举。白马书院里的人都不能回家，书生要一直学到过年。我们第一次截获信件、查出笔墨源头的时候，就派人对白马书院进行了盯梢。期间没有信鸽往来，书院的所有家书我们也查过，没有可疑之处。"

易厢泉问道："你们是哪天截获的信鸽？"

万冲答道："第一次是十一月十二日早晨。第二次是腊月十日清晨。我们会放鸽子食在城门口，这样过往的鸽子都会停下，就这样被截获。这个探子会同时放出很多只，即便我们只截获了一只，他也不在乎，消息有很多种方式可以传回去。"

夏乾叹道："真是嚣张。"

易厢泉在纸上写下了时间：

十一月十一日　顾公子泄密　白马书院封闭

十一月十二日　截获信鸽

十一月十八日　火器营被炸

腊月十日　第二次截获信鸽

腊月十八　火器营第二次被炸

按日期来推，顾大人之子在十一月十一日泄密，也是从那天开始，白马书院封闭了，而且被官兵盯梢。盯梢期间没有任何人传出书信。换言之，第二次火器营选址的消息，不会是从白马书院泄露出去的。

燕以敖沉思了一下，道："不能掉以轻心，必须彻查白马书院。"

万冲道："明天晚上书院就解除封闭了。快过年了，试子们都要归乡。"

"归乡？"夏乾一怔，"不把人揪出来，这些探子就跑没影啦！"

燕以敖脸色一沉："实在不行，只能连夜一个个地审。"

易厢泉问道："书院里可有线人？"

万冲点头："有。我们派了很多线人，而且，我的亲戚在里面读书。"

易厢泉道："今日让他放出消息，会有新的兵马被调往兰州。"

夏乾问道："故意放假消息？"

易厢泉点头："对。不过假消息的内容必须认真制订，需要更准确，更完善，更真实可信，还要格外重要和紧急。如果白马书院里有探子，他就必须顶住压力，在今晚把消息送出去。”

燕以敖在一旁点头道：“是个好办法。我派人严密监视书院，如果书院里真的有奸细，今晚他们很有可能会现形。”

万冲点头：“我现在就去办。”

夏乾道：“我们今晚一起查？”

万冲点头：“没问题。申时末，咱们在白马书院外的防火亭见。”

太阳落了下去，易厢泉和夏乾来到白马书院西边的防火亭。因为经费不足，这个防火亭没有建造完成，井也只打了一半。

夏乾扶着楼梯上二楼，感慨道：“朝廷是没钱了吗？为什么不继续建造完成？”

“我知道！就是没钱了！建了一半，发现钱比预想中要多，于是就停工啦！”

这是一个女孩的声音，从楼上传来。易厢泉和夏乾同时抬头望去，只见万冲正在二楼，旁边站着一个十几岁的女孩。女孩见了易厢泉和夏乾，咧嘴一笑。

夏乾一下子认出了她：“你是万冲的侄女！你长大啦！”

女孩高兴道：“你还记得我？我叫万雪逸，我的号是雪逸先生。”

她还有号呢。易厢泉笑着点头：“两年前抓捕鹅黄的时候，你立了大功。”

万雪逸得意道：“如果我以后也能进大理寺当官，我就能直接审她啦！鹅黄才不会逃走！”

易厢泉和夏乾愣了一下。万冲悄悄摇了摇头。万雪逸不知道鹅黄已经死了。

万雪逸看了看他们，问道：“怎么啦？”

易厢泉道：“没事。只是，这次要调查的事比当年鹅黄的事要重要。”

万雪逸严肃起来：“我叔叔……万大人都跟我说了，我就在白马书院读书，书院的事，我特别清楚。”她递过来一份名单，“这是所有学生、教书先生和小厮的名单。还有这个，是我找出来的比较可疑的人。”

易厢泉接过名单，上面写了十几个人。万冲解释道：“我确认过，白马书院封闭期间，没有信鸽往来，也没人寄出任何书信。书院里一共七十个书生，只有五个人曾经回过家。他们都是朝廷重臣的孩子，不会做背叛大宋的事情。”

易厢泉低头看着，上面写明了书生们的出身。他们的家都在汴京城白马书院附近。

夏乾道：“除了书生，还有其他可疑的人吗？小厮、教书先生……”

万冲道：“教书先生没有出过白马书院。小厮一共六人，都是外乡人，四个人一直未出门，剩下两个负责物品采买。”

夏乾一拍大腿：“他俩肯定是内奸！”

万冲无奈道：“他俩的确是内奸——是大理寺的内奸，我亲自派去给大理寺传消息的。”

夏乾道：“那书院的院长……”

万冲答道：“是我爹。”

夏乾无话可说，憋了半天，才道：“也许我们弄错了方向，消息不一定是白马书院流出去的。”

万冲同意他的看法："兵部、工部人多口杂，从那里更容易获得消息。"

易厢泉放下名单，想了想，道："我同意燕以敖的看法，对白马书院不能掉以轻心。如果要交换信息，选择驿站、客栈、酒楼这类的店铺最好。但如果探听信息，没有比书院更好的地方了。你们看看这名单，章子厚的儿子、王珪的外甥、蔡确的孙子，全都在白马书院。这些朝廷重臣如果要和孩子探讨国事，很轻易就会说出自己的政治观点和秘密。而这些孩子年纪太轻，不一定能守口如瓶。"

万雪逸点点头："对！很多同窗年纪特别小，也就十岁左右。他们并不是天天念书，而是讨论很多事，我听着都害怕。"

易厢泉看向万雪逸："他们都讲些什么？火器营的事，他们提了吗？"

万雪逸摇头："我没听到火器营的事。但是，好几个同窗的父亲都在兵部任职，他们隔三岔五地说战事，一个月前探讨过兰州的防御工事，最近探讨过大辽边境的兵力部署情况、回鹘与大宋政策的异同、交趾之战失败的原因，还有立储的事。"

余下三人都吸了口凉气。夏乾震惊不已，道："立储的事他们都敢说？"

万冲赶紧问道："他们是怎么说的？"

万雪逸答道："章惇想立六皇子，王珪没有表态，蔡京、蔡确两位大人和吴王走得更近。"

万冲脸色微变。万雪逸赶紧道："你可别告诉爷爷！他要是不让我读书了怎么办？"

"我不说，你也不能往外说。"万冲看向易厢泉，"易公子，此事非同小可。”

易厢泉问万冲：“一个月以来，真的没有发现信鸽或者人为传递消息？”

万冲摇头：“真的没有。若是探子真的潜伏在书院，一定会频繁和外界联系，次数多了总会露出马脚。但已经一个月了，我们什么都没有发现。”

易厢泉没有说话。他朝防火亭下面看去。整个白马书院四四方方，周围的街道不宽不窄，隔着街道，对面是民居。天黑了，已经到晚上了，有些人家开始做饭，炊烟升起来了。

在这样的视角下，白马书院真的是一览无余。若要传信，或者有人从白马书院偷偷溜出来，绝对是看得见的。

夏乾看了看，问道：“那附近有没有发现可疑的人？比如经常在这儿徘徊的菜贩子、乞丐或者更夫？”

万冲想了想，道：“没有。但书院对面有一家民居有点奇怪，是母亲在陪儿子读书，但儿子只学一会儿，母亲从来不外出干活儿，也不做饭。”

万雪逸道：“孟母三迁，也许正是因为这点他们才搬到白马书院附近来的。”

夏乾道：“对，不爱读书也很正常。”

万冲刚要说什么，忽然一滞，抬手指了指对面的民居。

那家民居的灯亮了。屋内，书生借着烛光坐了下来，拿起笔和纸，还有一本册子，看上去像是要习字。但他坐了一会儿，什么都没写。

众人在此刻都僵住不动。今夜的月光不甚明亮，他们都在暗处，而书生在明处。

大家都盯着书生，可是书生半天都没有动作。

万雪逸道："也许就是不爱读书。"

易厢泉问道："夏乾，你视力最好，能看清书册上是什么字吗？"

夏乾眯了眯眼："好像能。"

说话间，易厢泉从怀里掏出了纸笔递过去。夏乾接过，开始借着不明亮的月光誊写。当他誊写了前几个字，大家就都明白了。

天地玄黄宇宙洪

万雪逸道："是《千字文》。我三岁就会了。这个书生的年纪这么大了，为什么要看这个？是不是字帖？"

万冲眉头一皱："是不是密文对照册？"

万冲的话说到了众人心里。如果是密文对照册，没有比《千字文》更合适的了，只要有数字，就可以对照出汉字来。

万雪逸问道："西夏人也会使用吗？"

万冲点头："会。西夏没有这类的典籍，有时候，连辽人也用呢。"

易厢泉问夏乾："桌子上还有其他东西吗？"

夏乾摇头："没有，只有这个。"

万冲道："也许书信一会儿就会送过来。"

万雪逸道："那我们现在是不是可以守株待兔啦？"

"我觉得事情有些奇怪。"易厢泉想了想，又递给夏乾一张纸，道，"如果能看清，你按照他的格式抄一份。"

天地玄黄宇宙洪
荒日月盈昃辰宿
列张寒来暑往秋
收冬藏闰余成岁
律吕调阳云腾致
雨露结为霜金生
丽水玉出昆冈剑
号巨阙珠称夜光
果珍李柰菜重芥
姜海咸河淡鳞潜
羽翔龙师火帝鸟
官人皇始制文字
乃服衣裳推位让

夏乾一边看一边抄，很快，就抄了一页。

易厢泉问道：“字体有特别之处吗？上面有花纹或别的记号吗？”

夏乾摇头：“没有，就是普通的一页。”

易厢泉盯着这页纸，眉头紧皱。《千字文》一千个字，没有重复的。光看第一页的内容，不存在多字、少字或篡改的现象。

但这个《千字文》有一点很奇怪，一页有十三行，一共十一页。

“天地玄黄，宇宙洪荒”为第一句。如果用八个字为一行，会比较通顺。但它偏偏是七个字一行，到“荒”字的时候就换行了。

书生自点亮油灯之后，就一动不动。

万冲有些焦急：“我去找人来，先做好埋伏，把人围住。”

万雪逸问道：“如果他不承认呢？”

夏乾也问道：“即便抓住了民居里的人，那书院里面的奸细依然抓不到，怎么办？”

易厢泉盯着这页纸：“咱们还是得抓住证据。消息不一定是以书信的形式传出去的。”

易厢泉说得有道理。传递消息的形式有很多种，一般都是有来有往，而且速度较快，有消息就立即送出。

夏乾也想了想，道：“我们把问题想复杂了，其实，传递消息不一定要用信鸽。你们看，书院离民居这么近，只要民居有人接收，其实就可以成功接到。”

夏乾的话提醒了他们。换言之，西夏人如果要传递消息，只需要让消息穿过一条街道，抵达民居就可以了。

夏乾道：“用箭或者弹弓，直接射过去就行。”

但万雪逸摇头：“你们看，白马书院有高墙围着，墙比人还要高，弹弓没办法射过去的。而且，院子里有一条小狗。”

易厢泉问道：“有人经过，狗就会叫？”

万雪逸点点头：“是，后院一般没人去。书院里很嘈杂，总有人高谈阔论或者来回走动，这小狗都不理。可一旦有人踏进它的地盘，它就会狂吠不止。”

易厢泉问道：“书院里那个矮层建筑是什么？就是离民居最近的那个。”

万雪逸看了看，道：“是自修室。每天上完晚课，如果学生还想读书，就可以去自修室。那儿有好几间房呢，不过有些吵闹，有人读书，有人谈天，有人弹琴，有人下棋。”

易厢泉开始沉思。按照从东向西排列，自修室—有狗的后院—书院高墙—街道—民居，这几个地方，虽然离得不远，但障碍重重，很难传消息出去，更何况，大理寺一直不间断地派人监视，书院内部、外部也有无数双眼睛在盯梢。

如果是纸质书信，来回送几次，很容易就会被大理寺的人发现。

也许不是纸质书信呢？

易厢泉提出了猜想："我们可能一开始就进入了误区。可能他们根本不需要纸质书信。距离书院最近的是民居，书院里的声音，在民居内是直接能听到的。他们可能是靠声音传递的。"

夏乾一惊："什么样的声音？难道是直接喊话？"

易厢泉道："诵读。"

的确，这是最简单有效的方法了。双方约定密文模式，以诵读的方式直接大声读出。

万雪逸犹豫了一下，道："我觉得有几个问题，第一，只有在晚上睡觉之前自修的时候，书生才会诵读，而且诵读声音大，读书的人又多，篇目也差不多。"

夏乾道："声音会被盖住？"

万雪逸点头："如果同时有很多人读书，有可能听不清楚。"

"这样，我们进书院一趟，亲自看看情况。"易厢泉转身，对万冲道，"请现在立即安排人手，一旦有动静，就准备抓捕。"

戌时的梆子响了，夜色里，万籁俱寂。万雪逸和门房打了招呼，带着易厢泉和夏乾进入了书院。整个书院后院静悄悄的。

万雪逸道："现在在上晚课，没人出来。你们小心一点，不会被人发现的。"

夏乾问道："既然是晚课，你为什么可以不用去呀？"

万雪逸低下头："我爷爷说，女孩子不能跟他们一起上晚课。"

易厢泉眉头皱了一下。夏乾叹了一声。万雪逸打起精神："没事，我现在做的事更重要，对不对？"

易厢泉点点头："是的，更重要。"

万雪逸高兴起来，带着他们来到上自修的地方。这里一共六个房间，三个大房间，三个小房间。三个小房间靠近院墙，第一个房间里放着杂物，有很多空箱子。夏乾敲了敲，可以发出响声。第二个房间里有古琴，第三个房间里只有书籍，但离民居最近。

万雪逸道："我们要不要在这里等？可是在哪间呢？"

易厢泉忽然愣了一下。他想了想，道："我知道了。他们传递信号的方式不是诵读，而是琴声。"

万雪逸道："听音？"

易厢泉点点头："古琴有七根弦，十三个徽位，和《千字文》的七个字和十三行对应。如果只是按音[1]，能按出来九十一个音。《千字文》的一页也是九十一个字。只要人在墙外，把音听出来，就能和《千字文》对应上。"

夏乾道："可是《千字文》有一千个字。"

易厢泉点点头："在弹按音之前，需要先弹点别的，比如先弹散音[2]，再弹按音。散音对应页数，按音对应每一页上面的字，这样就能对应出来。"

就在此时，一阵喧闹声传来。万雪逸惊道："晚课结束了，他们要过来了！"

紧接着，脚步声、吵闹声越来越近。易厢泉对万雪逸道："你去通知万冲，让他做好准备。"

---

1 弹古琴需要右手拨弦，左手按在琴弦上不同位置，这样就能发出声音，叫"按音"。
2 散音，为空弦。弹奏古琴时，直接拨弄琴弦，即为散音。

“可是——”

“先去，不用管别的，带人围堵就行。如果民居里的人出逃，立即实施抓捕。”

万雪逸点头迅速离开。易厢泉当机立断，拉着夏乾躲到了杂物间的箱子后面。

二人一同屏住了呼吸。紧接着，他们听到隔壁房间传来开门声。

有人进去了。

之后，许久没有声音。

夏乾有些紧张，小声问道：“是探子吗？”

易厢泉道：“不清楚。”

夏乾问道：“要不要现在过去抓捕？可是没有证据，万一他不承认怎么办？”

就在他们说话时，一阵琴音传来。

是《阳关三叠》。

夏乾还想问，就在此时，琴声停寂了一瞬，忽然传来两个散音，之后一个按音，接着，又一个散音，又一个按音。

易厢泉从怀中拿出纸和笔，把听到的音都记录下来。过了好一会儿，《阳关三叠》再一次响起来。

夏乾低声道：“你记得住？”

易厢泉道：“只能记个大概。”

夏乾问道：“听音你也会？但我们听出来了音，也对应不上呀。”

易厢泉来不及跟他说话。就在这时，琴音又一次停了。过了一会儿，散音再一次出现。易厢泉立即开始记录。夏乾这才明白此举的含义。易厢泉的确只能记个大概。而音与字真正的对应规律并不重要，他们需要判断的是，弹琴之人究竟是不是探子——他是弹错了还是真的在传递信号。如果是传递信号，为保证信息准确，弹琴之人会把之前弹过的音再重复一次。两次所弹的音，应该是一模一样的。

琴音停了。

紧接着，又传来一遍琴音。

易厢泉朝夏乾点了点头："两次是一样的。"

他说完这句，站了起来，拿出了扇子。夏乾也立即从袖中掏出了匕首。根据脚步声，隔壁房间内应该只有一个人。只要他们进去，就能把人抓到。

他们蹑手蹑脚地走到门口，打开了房门，准备出门。

门发出嘎吱一声。

就在这一瞬间，琴声戛然而止。二人吃了一惊。易厢泉迅速冲出门，一脚踢开了隔壁的房门。他们看到屋内坐着一个教书先生，五十岁左右。教书先生看到易厢泉和夏乾，很是镇定地站起身来，没有说话。

在这简短的一瞬，易厢泉的目光落在了琴旁边，那里放着一本《千字文》，还有一张字条。教书先生见状，迅速拿起字条吞下，同时将琴往地上一掷。七弦琴发出一声鸣响，像是震耳欲聋的悲鸣。紧接着，这位老先生口吐鲜血，倒了下去。

易厢泉一个箭步冲上去，伸手扶住他，急道："服毒了！"

夏乾惊道："怎么会这样？"

教书先生抽搐了几下，很快就断气了。此时，从窗户往外看去，对面民居里的灯突然熄灭了。接着，外面传来追赶声、呐喊声。这应该是万冲带人去追捕了。因为声音太大，附近的书生都听到了，他们正往这边跑来。

易厢泉看向夏乾：“先不要让书生们进来，我去通知大理寺其他人来进行善后，咱们一会儿在大理寺后堂见。”

当天晚上，白马书院里的学生议论纷纷。这个死去的教书先生在白马书院任教数年，兢兢业业，从未有过差池。这么久，学生们才知道，自己的先生竟然是敌国奸细。大理寺当夜对白马书院进行彻查，却没查到任何有用的东西，书信、密文……什么都没有，连字条也被他吞了。直到二更天，易厢泉和夏乾才齐聚大理寺。当他们来到偏厅，柳凝哭着跑来找夏乾。

“你怎么来这儿了？不是让你在慕容医馆看病吗？”夏乾忙抬头看向孙洵，“病看得怎么样？”

“慕容家医馆的郎中看不出她有什么病，只说是受了刺激，失去记忆，也不会说话。她哭着要回来找你。”孙洵在一旁擦了擦手，“不说这个了，我去看看尸体。”

她拿着工具快步走到尸体前，仔细剖开，不一会儿，便有了结果：“自行服毒，立即毒发，已经死了。”

夏乾问道：“他是敌国奸细吗？”

孙洵摇头：“不清楚。但他手有老茧，不像是读书人。”

易厢泉上前看了看，道：“这应该是常年握刀导致的，肯定不是普通的教书先生。只是他的身份成谜。还有，他究竟有没有同伙都未知，我们需要其他线索。”

燕以敖一直没说话。他有些担心，白马书院虽然被搜查了一遍，却没有找到有用的线索。万冲带着人去追捕剩下的两名逃跑的探子，迟迟没有回来。

就在此时，门外传来一阵嘈杂的声音，万冲带人抬着一男一女过来了。二人都陷入了昏迷。万冲急道：“孙郎中，快帮忙看看他们情况如何。”

孙洵立即上前号脉，随即道：“男的毒发身亡，早就断气了。女的溺水了，能救回来。”

女子被扶上床。万冲筋疲力尽地坐到一边：“我们实施抓捕时，男的见势不妙就服毒自尽了。女的犹豫了一下，选择了跳河。还好我们提前埋伏，在下游找到了她。”

女子十七八岁，双目紧闭，脸颊凹陷，很是瘦弱。孙洵几针下去，女子吐出了水，慢慢睁开了眼睛，看到眼前这么多人，有些惊惧。

万冲低声道：“要不要押送到牢里？”

燕以敖摇摇头：“就在这儿审。”说完，他拿了个凳子坐下，紧紧盯着女子。

女子紧张地看着他们，没有说话。她年纪不大，眼神也不坚定。探子一旦任务失败，应当选择自尽，可是她没有死。

燕以敖盯着她的眼睛，心中有了几分把握：“这里是大理寺，我是大理寺卿燕以敖，现在需要你回答一些问题。你是西夏人？”

女子没有说话。

燕以敖见状，看向孙洵，道：“孙郎中，烦劳你去准备些汤药。”

孙洵立即会意，对女子道：“放心，你没有性命之忧。”

女子好像放心了一些，很快又担心起来。她看了看四周。屋内，万冲、易厢泉和夏乾都在，还有大理寺的人，所有人都盯着她。

燕以敖看着她，问道："是你一直在盯着白马书院？"

女子没有回答。

"是传送消息吗？"

女子依旧没有回答。

"你们有集合地点吧？如果你没有按时回去，会发生什么？"

女子还是没有回答。

燕以敖问道："我们把你救了过来，你却没有按时回去，你的同伙会不会找人来杀掉你灭口？"

女子眼神中有些犹豫，依然没有说话。

燕以敖问道："他们知道你在大理寺吧？"

女子终于开口："到处都有他们的探子。"

这是女子说的第一句话。燕以敖立即就明白了，女子想自救。但她留在这里的时间越久，就越容易夜长梦多。燕以敖道："天一亮，我们就可以把你送走，地点由你来定。我会派两个大理寺高手护送你。你可以带着钱，去你想去的地方，但你要把知道的情况说出来。"

女子警惕道："我怎么知道你们有没有骗我？"

燕以敖道："咱们各退一步，你可以告诉我们一部分消息，等出城上了马车，你再讲其他的。我先问你，你叫什么名字？是哪里人？来这里做什么？"

女子想了想，道："我叫阿琴，是西夏人，一直住在兴庆府，三个月前才来到汴京城。我和同伴一直住在书院对面的民居里。每次都是他收信号，我负责送消息。”

燕以敖问道：“你多大了？”

阿琴道：“十六岁。”

十六岁，众人都很震惊。她看着年纪就不大，没想到这么小。夏乾问道：“你年纪这么小，就来当奸细？”

阿琴低下头去：“我爹娘都死了，没饭吃。我听说跟着白大人有饭吃，我就努力学汉文，后来就来了大宋。”

在场的人在这一瞬间都没说话。这是他们第一次听到一个西夏探子的口述。这个探子很年轻，还有些懵懂。她背井离乡的原因，竟然这么简单。

燕以敖问道：“你只是学了汉文，就来了大宋？你知道来了是做探子吗？”

女子点点头，道：“我汉文说得好，就被选出来了。若是大夏能赢了大宋，以后大家的日子就好过了。”

易厢泉看着她，问道：“你在西夏还有亲人吗？”

女子眼神闪动了一下，没吭声。凭借这个眼神，众人明白了——这女子有割舍不断的牵挂。在国家大义面前，舍不得自身情感的人，一定会选择苟且偷生。

燕以敖问道：“你口中的白大人，是叫白景询吗？”

阿琴犹豫了一下：“我不知道真名，只叫他白大人。”

燕以敖问道：“你见过他吗？”

“没有。”

“那你的上级是……”

"石掌柜。"

"石掌柜是不是白马书院的教书先生？"

"是他。"

"是今晚死的那个人？"

"对。"

"你们每晚弹琴传递信号？"

"是。"

"白马书院只有他一个探子吗？"

"是。"

她说完，众人都松了一口气。如果阿琴所言非虚，白马书院的奸细应该是都被抓出来了，他们往前走了一大步。

燕以敖接着问道："在京城还有其他奸细吗？"

"有。带头人还有两个，一个是肖统，一个是无影。"

夏乾问道："无影就是那个追踪高手？"

阿琴点点头。

燕以敖问道："你知道无影的样子吗？"

"从没见过他。他都是单独行动。"

"肖统呢？"

"我没有见过。"

"他们都在京城吗？"

"听说是。"

"那他们接到了什么任务？"

"不知道。我只知道无影是追踪高手，肖统负责暗杀。"

听到这个，众人都沉默了一瞬。他们此刻最担心的，就是这个叫无影的追踪者。燕以敖招了招手，让大家来到一边，开始低声讨论起来。

夏乾问道："药材铺门口的伙计，会不会是无影？"

燕以敖道："按照常理推断，无影一般不会这么轻易地露面。"

万冲忧心道："我们第一次发现信有味道的时候，立即去了药材铺询问。那个伙计竟然能立即出现在药材铺门口把我们拦住，说明有人一直在注意着我们的动向。"

是无影吗？他一直在监视大理寺吗？他们刚从大理寺出发，伙计就站在那里了，想来绝不会是巧合。

燕以敖皱了皱眉头："这个无影的确是个麻烦，但现在没有什么线索，必须加强大理寺的戒备。今晚开始，我会加派一倍的人手，包括大理寺外也安排上。如果有可疑的人，一定会发现。"

易厢泉道："除此之外，还要弄清楚他们的据点。根据刚才阿琴的说法，汴京城的探子人数不少。"

燕以敖回头看着阿琴，继续问道："平时你接到消息，都怎么往外送？"

阿琴答道："我们有自己的信鸽，直接送到城外放飞。"

"如果出了问题怎么办？"

"在城南郊外的荣生戏班，班主是我们的人，他会想办法的。"

燕以敖神色一凝。万冲立即问道："有多少人？都是西夏人吗？他们今天还在吗？"

"我见过二十人左右，都是西夏人。因为我没有服毒自尽，他们肯定会立即撤离。"

“都携带着武器吗？”

“都有武器。”

“你记不记得他们的脸？”

“记得几个。如果要知道长相……我离开汴京城再告诉你们。”

阿琴显然不打算再往下说了。燕以敖立即起身交代事宜，让万冲现在就带人去一趟戏班。这是一个突破口。如果今夜的行动成功，他们将拘捕不止一个人。抓到的人越多，线索就越多。

而易厢泉似乎还有其他顾虑。他想了想，问道：“戏班子一共二十人，如果只是打探消息，几个人就够了，为什么要这么多人？”

女子沉默了。

易厢泉问道：“你们是不是还有别的什么计划？”

女子依然没说话。但易厢泉知道，自己问到了关键问题。他道：“把计划说出来，我们现在就备车，天不亮你就可以起程。”

女子犹豫了一下，道：“他们打算在生辰宴上刺杀吴王。”

此话说完，众人都是一惊。燕以敖问道：“怎么杀？”

易厢泉问道：“还有谁参与？具体计划是什么？”

阿琴摇头：“我不知道。”

之后，无论他们怎么问，阿琴都不再说了。孙洵端来了汤药。阿琴喝下后，躺下就睡。燕以敖先是沉默了一会儿，然后招了招手，让手下张鹏及其他几人跟他进入隔壁房间。

燕以敖“啪”地关上门，表情有些凝重：“这个阿琴说的‘刺杀’，应该是吴王儿子的生辰宴。”

张鹏紧张道：“如果这个消息是真的，那我们必须加派人手。”

易厢泉道："生辰宴应该是宫里承办，由禁军负责，为何会让大理寺负责守卫？"

"依然是禁军负责守卫，我们也要派出人手进行配合。这次宫宴不是在宫里，而是在宫外。"燕以敖拿出纸笔，在桌子上画了起来，"在汴京城城郊，所有宾客都要坐船从金池码头出发，途径灵池码头、乌池码头，抵达凤仙台看戏。"

夏乾忍不住道："这是谁出的主意？大冬天看戏？生辰宴过得如此花里胡哨。"

"蔡京。"燕以敖叹了口气，"他一向喜欢主持这些乱七八糟的事哄上面的人开心。他说，水路蜿蜒，冬天不会结冰，路上还能赏到千岁山的雪景。"

他们注意到，蔡京虽然是开封府尹，但燕以敖私下并没有称蔡京为"蔡大人"，明显是对蔡京有些不满。

夏乾挠挠头："那皇上去不去？"

燕以敖道："皇上不会去。但和吴王走得近的人都会去。很多朝廷大臣，还有王公贵族也都会参加。"

夏乾叹道："那样守卫会很困难吧？"

易厢泉没有说话，低头看着燕以敖画的图。金池码头、灵池码头、乌池码头，自西向东排列，最东边是凤仙台，也是本次行程的终点。直到水路尽头，地势逐渐变高，会把河水夹在中间——北边是千岁山，南边是千岁山余脉。山上树木过于茂密，多半是长青的松柏。这一带是汴京城城郊，若是赏雪、开宫宴，的确是很好的选择。但这种地理环境，使得守卫异常困难。河岸线过长，守卫官兵人数有限，不可能一直沿着河岸驻守。这就使得沿岸防守不足，刺客很容易在河两岸隐匿。

看到这种情况，易厢泉觉得实在太危险。他抬头问道："生辰宴是什么时候？"

燕以敖脸色一沉："明天中午。"

明天中午，所有人都惊了。现在已经快要三更天了，明天中午开始，只剩几个时辰，无论怎么防备都是来不及的。

易厢泉道："我觉得必须取消。"

张鹏紧张道："要不要去找禁军统领张大人商议一下？"

燕以敖皱了皱眉头："这件事张大人说了不算。这样，我去找蔡京，把事情告诉他，让他取消宫宴。"

夏乾忧心道："他会同意吗？"

燕以敖叹了口气："只能试试。你们先休息，等我消息。"

燕以敖打算连夜禀报。他和张鹏交代了几句，便出了门。

此时，夜已经深了，三更的梆子响了。易厢泉还在看地图，夏乾劝他睡一会儿。

他们身处大理寺偏厅，是大理寺士兵值班休息的地方。张鹏在一楼看着阿琴，其他人在二楼、三楼休息。柳凝非要自己一个人待着，所以单独住在一个小小的杂物间里。夏乾帮她铺好床，道："这里是大理寺，很安全，不会有坏人的。你父母遇害那天发生的事，真的一点儿都不记得了吗？你有没有看到行凶人的脸？"

柳凝垂下头去。

夏乾问道："如果你想起来什么人、什么事，可以和我说，也可以跟大理寺的官员说。你的父母……"

听到这里，柳凝哽咽了。夏乾赶紧道歉，求助地看了一眼孙洵。孙洵上前看了看，道："慕容家的郎中说了，这孩子没有什么问题，也没有外伤。如果一直不开口说话，可能是有什么不好的记忆。你不要总是刺激她，也许以后会好的。"

夏乾叹息一声，到隔壁铺好了地铺，吹熄了灯。今天太忙太累了，他很快就睡着了。

在睡梦中，他似乎听到了鸟鸣声。

夏乾翻了个身，继续昏昏沉沉地睡了。

第四章
宫　宴

天色微亮的时候，万冲先回来了。他带着人去了戏班子，却扑了个空，那里什么东西都没了，人也都不见了。他们翻找了一夜，却没有发现任何有用的线索。夏乾他们早早起了床。很快，燕以敖也回来了。他进门之后，连喝了三杯茶，摇头叹道："取消不了。"

"取消不了？夏乾惊道，"出了这么大的事，蔡京居然不肯取消？"

易厢泉眉头紧锁："为什么？"

燕以敖红着眼睛道："我在他的府邸门前等到天亮，终于见到他，说了情况。蔡京的意思是，每年刺杀的事多如牛毛，加强安保即可。"

夏乾问道："怎会如此？是不是他……"

孙洵问："他怎么了？"

众人看向夏乾，但夏乾没有继续说下去。汴京城的百姓人人都知道，开封府尹蔡京年轻有为，有才学，会办事。但夏乾在做生意的时候听到了一些关于蔡京的风言风语。大概意思是，蔡京人脉通达，如果要找他办事，也许能办成。这样的话似褒实贬，说明蔡京的作风可能不太正派。而且，酒席、船只、戏班子……为皇家办宴席，需要筹划好久，也是捞金的好机会。

可这些事终归是捕风捉影。夏乾想了想，道："没什么。"

燕以敖看了他一眼，道："这件事内情肯定复杂，但我们干涉不了。"

易厢泉道："现在只能加强守卫了，不知计划是什么。"

燕以敖找来地图，铺在桌上："这是行进路线，和昨天说的一样，宾客从汴京城郊出发，途径三个码头。这三个码头景色优美，船只会在这里做短暂停留，也会有宫人上船清扫卫生。"

易厢泉问道："刺客会不会在这河畔两岸埋伏？"

燕以敖点头道："很有可能。除此之外，在宾客抵达码头的时候，刺客有可能在山路上伏击。大理寺会在重点位置安排守卫，这点我们有信心。"

易厢泉问道："宾客名单确定了吗？"

燕以敖道："确定了，有二十人。"

"大臣会来吗？"

"都是和吴王走得近的重臣或者皇亲国戚，都会来。"

"宫人数量呢？"

"宫人二十人。"

"守备多少人？"

"守备军一共三十六人，每个码头都有。"

"几艘船？"

“客船有六艘，船上安排一个守卫和一到两名宫人。戏台和每个码头都会停靠两艘救援船。救援船一共八艘，一旦发生意外，宾客可以随时跳入河中，我们会立即上前救援。”

易厢泉想了一会儿，道：“昨日听说戏班子有二十人，很有可能是刺客的数量，我觉得我们应当增加守卫数量。”

燕以敖点点头：“我会和禁军统领商量，让每个码头驻守的人数再增加一些。”

夏乾提出了问题：“你们说，这些刺客有没有可能装成戏班的人？”

万冲道：“应该不会。我们接到消息，说这次宫宴的戏班并不是荣生戏班，戏子的名单也都有。”

易厢泉问道：“是民间戏班吗？”

万冲点头：“是。”

易厢泉摇摇头：“戏班鱼龙混杂，很容易有疏漏，可能会出现顶替的情况，这块儿必须好好排查。”

燕以敖道：“不用排查了，直接取消，换成宫里的人。”

燕以敖的决定很好，众人一致点头。宫宴取消不了，但戏可以不唱，或者直接从宫内派些乐师，比民间戏班安全得多。

夏乾问道：“蔡京会同意吗？”

燕以敖叹气道：“不会同意。但为了安全，把戏班叫停，这样的事我们应该能办到。”

夏乾道：“我觉得，还是应该把宫宴取消，也许可以去找更大的官提一提。”

易厢泉道：“舒国公主呢？”

“她与蔡京不是一派。”燕以敖一句简短的话，却有很深的含义。易厢泉和夏乾猜想，其中的朝臣关系可能比他们想象中更加复杂。

夏乾犹豫了一下，还是问道：“我一直不明白，吴王的儿子年纪不大，他过生辰宴，为什么这么大排场？”

万冲低声道：“因为立储的事可能和吴王有关，所以很多人都赶着去溜须拍马。”

夏乾这下明白了。立储的人选有几个，皇上的亲儿子，还有皇上的两位弟弟。吴王作为皇上的弟弟，势力不小，可能会是大宋的下一任皇帝，所以这次宫宴非同小可。

夏乾又问道：“西夏人为什么刺杀他？”

万冲压低声音道：“在对西夏的政策上，吴王一直都是主张武力解决。支持吴王的臣子，大多有着同样的主张，所以，西夏人不希望他登基。”

夏乾点了点头，明白了其中原委。

易厢泉道：“这样说来，活动无法取消，但吴王可以不去。”

众人都愣了一下。易厢泉说得很有道理。这是吴王儿子的生辰宴，不是吴王的。他们要刺杀吴王，只要吴王不露面，谁能刺杀他？

燕以敖眉头紧皱。虽然这是个办法，但也不太好办。

易厢泉想了想，道：“我觉得劝说吴王不登船，这样更稳妥，吴王应该会考虑自己的安危。如果他执意要去……软的不行，可以来硬的。”

易厢泉的想法总是令人瞠目结舌。众人吃了一惊，但也明白了他的意思。如果吴王执意要去，为保证他的安全，也许可以强行将他扣押在半路，反正负责安保的是大理寺，想要动手易如反掌。

可燕以敖不愿这样。他犹豫了很久，似是下定了决心，起身看了看外面，道：“我去吴王府上劝说下试试。”

夏乾斜了易厢泉一眼，没想到他对自己人都能用激将法。

万冲问道：“那个阿琴，要送出城吗？”

燕以敖点点头：“趁现在街上人不多，赶紧送出城，让画师也跟着，到城外十里地时停车，一定要画出同伙的画像。”

万冲立即去办。很快，大理寺门口停好了驴车，护卫、画师都已经上车了。万冲道：“我去通知张鹏，把阿琴带出来。”

可他进去不久，立即冲了过来：“头儿，她好像……”

燕以敖一愣，立即上楼查探。阿琴躺在床上，没了呼吸。

“孙郎中，孙郎中！”

燕以敖叫了几声，孙洵立即跑来给阿琴号脉。很快，她脸色苍白地道：“死了。怎么会这样？怎么会这样？”

燕以敖忙问：“还救得活吗？”

孙洵第一次显得有些慌张：“没救了，身体已经冷了。她喝了药，明明只是睡着了。”

易厢泉将尸体放平，看了看：“没看到有外伤，尸体有中毒症状，是不是自尽？”

孙洵眉头皱了起来：“搜了身的，不会藏毒。”

夏乾道：“而且看她的态度，不像是会自尽的样子。”

“张鹏，”燕以敖看向张鹏，“你一直在此看守，有没有出现什么异状？”

张鹏紧张道：“她喝了药之后，就一直在睡觉，没有任何异状。我不知道为什么会这样。”

燕以敖问道：“你中途离开过吗？”

张鹏点头：“离开了一次，但很快就回来了。”

易厢泉问道：“你为什么离开？离开了多长时间？”

张鹏紧张道：“没多久。我听见外面似乎传来鸟叫声，好像有鸟儿飞进了屋子。”

夏乾愣了一下：“我好像也听到了，昨晚睡觉的时候。”

易厢泉问道：“冬天怎么会有鸟鸣？”

张鹏犹豫了一下，道：“我也觉得奇怪，所以才去看看。”

燕以敖看着张鹏：“你再去跑一趟。”

张鹏点点头，立即去了。很快，他便回来了——这一来一回，速度非常快。只用这个间隙，应该做不了什么事。但如果阿琴是自尽，用这个时间吞药，完全足够了。

但孙洵反驳了这一点：“她服用的药有安神的成分，也就是说，阿琴昨晚睡得比别人都沉。如果她蓄意引开张鹏，然后自尽，我觉得可能性不大。”

众人又把目光转向尸体。夏乾挠挠头：“会不会是喝的药有问题？和她本身的体质相克？”

“不可能！”孙洵语气很坚决，“我用药非常谨慎，绝不是药的问题！喝了药，身体只会好转，不会毒发。”

夏乾忙道：“我不是这个意思。”

面对质疑，孙洵脸色微白。她撸起袖子，道：“把人抬到我那儿去，我要验尸。”

夏乾道："我真不是说——"

"总要验尸吧。"孙洵站起来，"你们去忙。一天之后，我一定会给你们一个交代。"

太阳出来了，却格外寒冷。昨天发生一连串的事，使得整个大理寺的气氛非常压抑。就在今日，他们要负责整个生辰宴的守卫，这令他们非常忙碌。而提供消息的阿琴，又莫名其妙地死去，其中的原因也不得而知。

孙洵把尸体拉走了。燕以敖和禁军统领张大人开会商议，然后他们集结了队伍，对安保计划反复进行探讨。等巳时一到，一行人马上出发，宫宴快开始了。

易厢泉和夏乾还在偏厅二楼。易厢泉一直没说话，在静静思考。这次宫宴，参加的皇亲贵族和朝廷重臣不少，一旦发生变故，这些宾客很难听从指挥，只怕场面会非常混乱。易厢泉觉得，有必要想出一个万全之策来，既不兴师动众，又可以多一些安全保障。

到底要怎么办呢？

夏乾一边卷起地铺，一边道："你说，是不是应该派人先去河两岸探查？"

易厢泉问："先行队？"

夏乾点点头："是，先骑马沿着河岸走一遭，这样可以确保河岸没有刺客，尤其是临着河岸的松树上，弓箭手很容易潜伏在那里。"

易厢泉点点头："我觉得这个方法不错。"

"是吧！"夏乾咧嘴一笑，"弓箭手最懂弓箭手了。"

易厢泉起身："我这就去跟燕以敖说——"

门外传来嘎吱一声响。易厢泉愣了一下，立即冲过去，却发现门口并没有人。阳光照进窗户，整个偏厅都静悄悄的。

夏乾问道："怎么啦？"

易厢泉道："可能是我多心了，我觉得有些不对劲，好像一直有人在大理寺附近盯着我们。"夏乾惊得说不出话来。有人盯着他们？就在大理寺附近吗？什么时候开始盯梢的？可大理寺的守卫做得非常好，怎么会有人武艺如此高超？什么样的人会在大理寺附近盯梢呢？是无影吗？

这一系列问题都很难找到答案。

夏乾有些不安。大理寺的人武功虽高，但人多口杂，禁军也常来常往。如果真的有人盯着他们，甚至能听到他们所有的对话，那么驻守地点、驻守人数……这些安排都会被对方知晓，整个守卫计划也会被对方知道得一清二楚。

易厢泉看着夏乾，道："这让我想起以前的事。你还记得抓捕青衣奇盗的时候吗？"

夏乾微微一笑："当然记得。"

易厢泉道："抓捕青衣奇盗的前一天晚上，我住在你家。"

他仿佛在说些旧事。夏乾愣了一下。他记得，当初易厢泉入住夏家，对夏乾说"隔墙有耳"，还递给夏乾一张字条，让他在子时去西三街月桂树下等着。也正因为如此，他们才看破了青衣奇盗的诡计。

夏乾忽然明白了他的意思。此时此刻和当初一样，只怕隔墙有耳。易厢泉要夏乾单独行动。

但是，易厢泉没有给夏乾任何字条，而是摊开了刚才那张地图，低声道："带上弓箭。"

他指了指地图。地图上有一个亭子，名叫春风亭。

夏乾懂了。春风亭毗邻水路终点，在山上，地势很高。那里的视野非常好，可以看到凤仙台、救援船和守卫军队。往回看，还能看到第三个码头——乌池码头。夏乾的臂力很强，带着弓箭到春风亭，一旦发生意外，可以架弓引箭。

易厢泉接着用手指了指路线。

夏乾需要直接从后山出发，顺着山路一直爬。行进路线避开了所有守卫军队，并不好走，但是格外隐蔽。如果夏乾悄悄上山，占据高地，不会被任何人发现。

易厢泉拿出笔，在上面写了两个字"狼烟"，道："如果有意外的话。"

夏乾问道："什么情况才点？"

易厢泉道："随机应变。"

夏乾撇撇嘴："又是这句话，就像你我当年在庸城时一样。"

易厢泉点点头："没错，就像当年一样。你是我唯一的后招。"

夏乾微微一笑："没问题。"

太阳高悬，街上的行人多了起来。夏乾背着弓箭，迅速来到街上。他跑了好几家，都没见到卖狼烟的。

他又来到一家偏僻的早点铺子，要了一碗馄饨，一边吃一边发呆。真没想到，买狼烟会是个大问题。繁华的汴京城，哪里有卖这种东西的？实在不行，用烟花爆竹替代吧。可树林里放火，特别容易火烧千岁山。如果去兵部讨要呢？他们会给吗？

老板是一位老奶奶，正在擦桌子。

夏乾随口问道："掌柜的，哪里能买到狼烟呀？"

她看了看夏乾，道："你买这个做什么？"

夏乾挠挠头："我……"

他说不出来。老奶奶看了他一眼，从柜台里拽出一个包袱："这个好像就是，给你吧。"

夏乾万万没想到，自己为了狼烟跑断了腿，这馄饨铺里竟然有。他连忙接过来道谢，看了看，却愣住了。

这是韩姜的狼烟。

他翻来覆去地看，的确是韩姜的狼烟！而且是韩姜自己做的。去西域的时候，他背了好几个在身上呢。他愣了好一会儿，问道："您这里怎么会有这个东西？"

老奶奶看了看他，道："有个姑娘来我这儿帮工，这些东西就不要了。"

夏乾忙问："她是不是姓韩？她还在这儿吗？"

老奶奶看了看他："不在这里了，十天前离开的，不知去了哪里。"

夏乾的心狂跳，听到这句话，又觉得格外失落。他慢慢坐回去，馄饨也不想吃了。是啊，他在等什么呢？即便遇到了韩姜，他能说什么呢？

老奶奶问道："小公子喜欢她？"

喜欢有什么用？夏乾没有回答，心里可难过了。

老奶奶在一边看着他，道："若是有缘人，肯定还会相遇的。如果相遇，就要抓住机会呀。”

夏乾垂下头去：“我知道，但是……”

老奶奶叹道：“遇到一个喜欢的人太难了。如果再见面，一定要好好跟她说呀。”

“我会的。”夏乾点了点头，付了钱，背起弓箭，拿着狼烟，往山上走去。

午时到了。

张鹏一行已经抵达河岸。河岸一侧挤满了船，官兵正在有序地调配船只。有些宾客已经到了，下了轿撵，正在一一上船。

张鹏看向河面，心里有些紧张。按理说，午时一过，万冲、燕以敖应该抵达了，很多事需要他们来指挥。可现在河岸这边只有他自己。按原计划，船头有两盏青灯的船是吴王要坐的。可如今吴王没来，场面已经有些混乱，那船也被别的官员乘坐了。原本宾客名单和所乘船只是一一对应的，结果现在船乱七八糟地停在码头。谁先到，谁先乘。

很多事情都乱了秩序。不仅如此，还有一大批宾客会迟到。迟到的宾客会在第二个码头甚至第三个码头登船。这些人位高权重，还不喜欢听命令。到那时，场面可能更加混乱。

事情更加难以控制了。张鹏来回踱步，为什么万冲和燕以敖还不来？易厢泉也不见踪影。

很快，他看到皇家仪仗朝这边走来。这是吴王的轿撵。燕以敖在最前面，神情严肃。当他们抵达码头时，轿帘掀开了。

轿子里的人不是吴王，他们换人了。

燕以敖上前，对张鹏低声道：“不能让吴王涉险，换了一位年龄相仿的宦官。”

这位宦官只是短暂地露了一下脸，立即上了船。

张鹏紧张道：“头儿，这样做，旁人不会知道吗？”

燕以敖低声道：“只有吴王和他的贴身护卫知道，他们也会上同一艘船。后续如果有人去拜访，都一一回绝。你来得早，附近有没有可疑的人？”

张鹏道：“周围都巡查过了，没有发现可疑的人。”

燕以敖问道：“凤仙台呢？”

张鹏道：“戏班子换成了宫廷内部的乐师和舞姬。戏台一带，安排了二十五名士兵守卫。船开动的时候，我们会派先行队去探路，这样安全一些。对了，易公子呢？”

“他有别的安排。”燕以敖道，然后就没再说话，而是注视着远处的船只，心里只希望今天不要出事。

夏乾背着弓箭，往春风亭走去。春风亭位于半山腰，是千岁山的余脉。夏乾不能沿着河岸走，他要从后山出发，登上山坡。

山路很是陡峭，周围一个人都没有。夏乾越爬心里越急，山路比他想象中要长。前几天刚下过小雪，路面湿滑，非常难走。待夏乾抵达，已经是午时了。这个时间，宾客已经抵达码头，船开始行进了。他急匆匆地爬上山头，气喘吁吁地站到春风亭俯望。

这里的视野真好，整个河流尽收眼底。对面依旧是山，河流自西向东流淌。远处搭建了一个巨大的戏台，是凤仙台。一些宫廷人员正在做最后的布置，将彩绸扎到戏台的柱子上。凤仙台对面的河岸上，驻守着一些官兵。官兵离戏台很远，人数大约有三十人。他们只是扎堆站着，不像之前见到的官兵那样井然有序。

这样懒懒散散，能行吗？夏乾望了一会儿，感觉有官兵东张西望。而夏乾站在这里，有些显眼。他急忙躲到一棵树后面。好在那些官兵没有往这里盯着看。

都是自己人，怕什么？夏乾挠挠头。但不知怎的，他还是觉得有些危险。

就在这时，狼烟掉了一个，顺着山路滚了下去，卡在一个树墩旁。夏乾急忙过去捡，却发现离这里不远，有个奇怪的东西。

是个头盔。

头盔很新，上面沾满了湿润的泥土，应该是最近才滚落到这里的。

夏乾看了看，总觉得这头盔在哪里见过——就是刚刚，和山下那些官兵的头盔很像。

他立即拿着头盔折回去，看着那些官兵，又看看手里的头盔。没错，是一样的。

这时，有个官兵转过了头，看着夏乾这边。

二人没有对视，可夏乾看到了他的脸。官兵面容粗犷，有些面熟。

好像在哪里见过。

夏乾一个激灵，迅速往前走了几步，心咚咚直跳。如果他没记错，这个人曾经出现在西域的地下墓室里，跟米尔扎提和尼鲁帕尔在一起！（见《天涯双探5》）

一个可怕的念头出现在夏乾脑海里。他拿起头盔，转身到那个树墩旁，在附近搜索。雪后潮湿的山林里，他看到了好几支断箭，还有衣服碎片。树干上有很多刀痕，落叶上也飞溅着点点血迹。

此时，他已到了丛林深处。不远处有一条结了冰的小溪，小溪旁边又有一顶头盔。不远处，有个小洞，有一只人的脚伸了出来。

夏乾呼吸急促起来。他慢慢走过去。那个洞，不深，却格外黑。走近一看，里面居然是一堆尸体，有十几个人，堆叠在一起，塞满了整个山洞。

夏乾从未见过如此可怖的景象。他忍住恐惧，上前搬开那些尸体，想确认有没有活口。这些人似乎是刚死去没多久，每个人身上都有刀伤，全都断了气。

夏乾满手是血，很是惊慌。之前他们所讨论的事一一浮现在眼前。官兵一共分成四队，分别安排在三个必经码头，最后一队在戏台值守，目的是保护宾客安全。戏台附近的官兵应当是最先抵达这里的，却遇到了伏击。而伏击他们的人偷梁换柱，如今正站在河岸尽头。

怎么办？船一旦开过来，后果不堪设想。

必须马上放出狼烟，取消活动！

夏乾急出一身冷汗，迅速转身爬上山头，从春风亭往下看。山脚下，那些假士兵站在凤仙台对面的河岸上，完全看不出有什么可疑之处。而就在河对岸，凤仙台上，宫廷乐师和舞姬还在做演出前的准备，全然不知危险即将降临。

夏乾摩擦燧石，点燃了狼烟。青色的烟雾蹿入空中，形成一道笔直的烟柱。

就在此时，一个假宋兵忽然回头，看到了燃起的狼烟，然后带了三四个人迅速往这边跑来。夏乾一时有些惊慌。

的确，易厢泉告诉他，一旦出现问题，必须迅速将狼烟点燃。但他没说，被人发现了该怎么办。

随机应变。

夏乾想熄灭狼烟，可转念一想，想出了个主意。他拿起狼烟，跑了起来。那几个假宋兵只得追着狼烟跑。直到夏乾跑到一个相对平整的山坡附近，他将狼烟丢了下去。狼烟顺着山坡滚落下去。

然后，夏乾迅速躲了起来。

几个“宋兵”追着狼烟到了山坡下，狼烟这才被熄灭。

夏乾舒了一口气。狼烟已经燃了很久，不知道易厢泉他们有没有看到。如果能及时发现，船应该会停。

就在这时候，远远地，他看到了“宋兵”的脸。其中一个人的脸给他留下了很深的印象。他高而瘦，脸色苍白，眼睛狭长，整个人有些阴鸷的感觉。

这张脸有些可怖。夏乾忽然觉得浑身发冷。他想起来了，这个男人就是肖统。他们二人初见，是在仙鱼苑。肖统扮作乞丐。那时，他可怜又卑微。可那份卑微与可怜是装的。如今再看，他的眼神中有杀意，还有一些疯狂。

他的眼睛，不像是人的眼睛。人的眼睛有温度，肖统没有。

夏乾一路到此，从没有感到过害怕。直到他看到肖统，终于害怕了。要知道，这个离他不远的男人武艺极高，而且心狠手辣。

他杀了很多人，包括鹅黄。

夏乾悄悄地后退。也许，现在下山是一个很好的、能保全自己的办法。但他不能这样，他要重新回到山顶去看一看。也许易厢泉他们收到了信号，船已经停了。

他悄悄回到山顶。在春风亭附近，能看到河岸的情景。此时，在河岸尽头，可以看到那些假士兵也已站好了队列。

这些西夏人没有撤退的打算。

就在这时，远远地，可以看到有两个人骑着马过来。这是率先被派来做侦查的士兵。他们骑着马，马上就要抵达凤仙台了。

空中射来两支箭。很快，两名士兵从马上摔了下去。

夏乾心里一惊。弓箭手？在哪儿？

就在这时，对面的树晃了一下。那是一棵粗大的、枝叶繁茂的松树。在这个没有风的日子，不应该出现晃动的。夏乾紧紧地盯着深绿色的树枝，终于，他看到了——

有弓箭手躲在河对岸的树上，而且不止一个。

就在此时，河的上游出现了船只，一艘、两艘……虽然距离远，但夏乾看清了，那是皇家的船。

夏乾的心揪了起来。船还是开过来了，活动没有取消。是易厢泉没有收到信号，还是出了什么问题呢？

很快，河岸这一侧的假士兵开始列队。其中一个人吹响了哨子。对面河岸松树林中回应了一声，这是应和的暗号。

夏乾有些慌了。船越来越近，已经分不清吴王在哪艘船上了。西夏人能分清楚吗？

船越来越近了，那些西夏人严阵以待。就在此时，夏乾忽然明白了西夏人的计划。吴王究竟在哪艘船上并不重要，他们不仅仅是要刺杀吴王，而是要杀掉和吴王同行的所有朝廷重臣。刺杀一旦成功，十几位朝廷重臣命丧于此，这样，无疑是砍断了大宋的臂膀。

这才是西夏人的目的。

船越来越近了。

还有两里、一里……

夏乾心里越发紧张。不行，必须阻止刺客。

树上不知道有多少弓箭手，河岸也有很多假士兵，而夏乾只有一个人，只有一把弓和一把匕首。这可怎么办？哪怕争取一点儿时间也好啊。

他决定先发制人。

夏乾转身往更高的地方迅速跑去。他找到一棵大树，开始点火。微弱的火焰开始燃烧起来。夏乾点燃了自己的箭，瞄准了一艘船的船头，一箭射了过去。

这支带火的箭"咻"的一声，一下子扎到一艘船的船板上。船夫见状，愣了一瞬，立即高喊道："有刺客！有刺客！退回去！退回去！"

岸上的刺客都愣住了。他们还在做准备，这箭是谁放的？

夏乾一脚踩灭了火苗，迅速躲到了树后。

所有船只闻声，顿时乱了阵仗。他们掉转船头，准备返回。此时，距离刺客埋伏的地方还有一里地。眼看行船在回撤，刺客们惊愕了一瞬。领头的刺客立即行动。他点了火，火苗在黑暗中划出一道闪亮的光弧。河对岸，树上的弓箭手收到信号，开始点火。下一个瞬间，对岸的松树林里亮起了星星点点的火焰，像飞在树间的萤火虫。

领头刺客大喝一声："放箭！"

燃着火焰的箭飞向了船只。但因为射程不足，大部分的箭像流星一样，落入水中不见了。

夏乾急忙奔过去，想要看清楚一些。他希望自己争取的这点时间可以让更多的人逃命。可是树林间的弓箭手再一次行动了——他们从一棵树跳到另一棵树。船在回撤，弓箭手也在随船而动。他们再一次搭箭上弓，密密麻麻的箭飞向船只，船瞬间被箭扎满，大火烧了起来。

撑船的船夫见势不妙，纷纷跳入水中。冬季的河水很冷，但他们水性好，又会潜泳，生还的可能性很大。可那些皇亲贵族、朝廷重臣并不擅长游泳，一旦落水，会有乱箭穿心之险。

夏乾焦急地看了一眼救援船。在凤仙台附近的两艘救援船并没有动。显然，船上的人已经遇害，救援船形同虚设。而陆地上的刺客已经在岸边围堵了。如果有落水的人躲过了暗箭，拼命挣扎游上了岸，岸边的刺客就会举起刀来，一刀将他们毙命。

不死在船上，也会死在水里。不死在水里，也会死在岸边。刺客的目的很简单，不会针对某个人进行刺杀，而是一个活口都不留。

夏乾有些绝望地看着燃烧的船只。有些船在水面上燃着，有些已经要沉了。而船夫似乎水性都很好，入水之后，再也看不到他们的身影。

然而，事情不太对。

岸边的刺客拿着刀，等着落水的人游上岸。火光把船只照得很亮，船夫落水后，并没有人再跳下来，一个都没有。

刺客愣住了，弓箭手的动作也放慢了。他们面面相觑，不知为什么会这样。很快，远处传来一阵马蹄声，黑压压的骑兵乌云一般涌来。那是禁军。在残存的火光映照下，大宋的旗帜在冷风中飘扬。

“撤到树林里去！快撤！”领头刺客嘶吼一声，弓箭手仓皇跳下树。可哪里来得及撤退呢？宋兵已经骑着快马赶到了。只听到一阵兵器碰撞声、厮打声——双方已经短兵相接了。宋兵的人数有着压倒性的优势，西夏人打不过，转身往山里逃。

夏乾见他们往山上来，急忙后撤。他能做的已经都做了。在这种混乱的局面下，离开是最好的选择。他匆匆忙忙地下山，可是他脚下一滑，摔倒在地，扭伤了脚。

夏乾扶着树，打算休息一会儿。

不远处，突然传来一阵古怪的笑声。

“原来是你呀。”

夏乾迅速站起，看向四周。他看到树下站着一个人。他个子瘦高，面颊凹陷，眼神森冷。

是肖统。

第五章

得而复失

肖统靠在树上，直直地看向夏乾，眼神格外恐怖："我说是谁呢，能让我们计划失败。"

夏乾僵住了。

肖统看着他，嘴角扯出一个森冷的笑："好久不见，夏小公子，你都长大啦。上次在仙鱼苑见到你，你还是个孩子呢。"

夏乾一步步后退。他不是故意的，而是真的有些害怕——肖统与别人不同，别的人是人，肖统是野兽。

肖统笑道："长大了就应该知道，有些事……要一人做事一人当呀。"

没等夏乾开口，肖统忽然抽出腰间的刀，迅速朝夏乾冲来。夏乾急忙回避，但脚下一空，直接滚到了山坡下。他浑身剧痛，狼狈地爬起来，拼命往树后躲。此时，天已黑了，他巴望着肖统千万不要发现他。

"躲什么？"肖统慢慢走下山坡，声音中带着恶意，"今天总得让我杀几个人吧。”

夏乾躲在树后，大气都不敢出。而肖统离他越来越近，越来越近。天虽然黑了，但肖统的武艺很好，听力也不错，如果他要找人，一定能找到。

下山的路还有很远，如果不把肖统引开，是没办法下山的。

夏乾摸到一块石头，朝远处丢了过去。石头砸在一棵树上，发出嘭的一声响。

肖统迅速朝那边看去。

夏乾希望他能走过去，这样自己就能离开了。但四周只安静了一瞬，肖统并没有立即离开，而是屏住呼吸，朝四周看了看，之后笑了出来，往夏乾的方向走了几步。

“让我猜猜，那边可没人，这边才有人。夏小公子，你是不是想丢石头，引我离开？”

他猜对了。夏乾冷汗直冒。只听肖统的脚步声越来越近，他一边走，一边笑道：“这些小伎俩，怎么可能骗过我——”

哗啦——远处树林里忽然传来脚踩树叶的声音。

夏乾愣了一下，除了他，树林里还有别人？

哗啦——又是一声响，有人在走路。

肖统愣了一瞬，随后“嘁”了一声，转身道：“我猜错了？果然还是在那边——”

他突然不说话了。借着月光，能看到对面的树林里站着两个人，一个是万冲，另一个是易厢泉。

事情一下子就不对了。肖统眼神一凛，一句话都没多说，立即举刀往前挥去！而万冲则迅速跳到一边，顺手拔出了刀。只听“当当”两声，二人回撤。易厢泉也已掏出扇子，直接打出了一镖。肖统侧身躲了过去，但也发现事情不妙。他迅速退回树林，朝山下跑去。

万冲持刀追了下去，而肖统脚程极快，又训练有素，很快就跑远了。夏乾直接拿起弓箭，朝肖统射过去。

箭射偏了。肖统迅速退到树林深处。紧接着，夏乾又连射三箭，肖统只能再次迅速隐匿。就在这个当口，万冲追上了他。二人持刀相搏，发出一阵阵金石之声。万冲躲闪不及，被砍了一刀。他忍住疼痛，再次发出攻击。而易厢泉也追了过来，连射三镖。终于，刀与刀相击的声音停了——肖统和万冲先后丢了兵器，二人开始直接近身搏斗。

月亮升起来了，打斗终于停止了。万冲浑身是血，吼道：“绳子！我背上有绳子！快绑住他！”

易厢泉连忙上前，将绳子抽出，绑住了肖统。

肖统被捕了。

今夜，千岁山热闹非凡，到处都是星星点点的灯火。经过彻夜搜捕，抓住了十几名刺客。当这些刺客被押送回大理寺的时候，引得百姓夹道围观。他们热烈地讨论着，以为抓到了反贼。

大理寺内，官员们捧着案卷走来走去。他们虽然彻夜忙碌，个个红了眼睛，却异常兴奋。在汴京城内逮捕了这么多人，这绝对是一次巨大的突破。

直到万冲他们把肖统押进门来，大理寺的人既震惊，又欣喜。肖统被押入牢房，燕以敖才松了一口气，高兴地拍了拍万冲的肩膀：“本以为抓到刺客就是大功一件，没想到你们居然把肖统也抓住了。”

易厢泉笑着点头：“万大人武艺好。”

万冲身上多处受伤，特别是手臂。他一边包扎，一边叹道：“武艺好什么！肖统的武功太厉害了，我们三个人打他一个，弓箭、暗器、刀都用上了，这才抓住他。还好他的刀上没有涂毒。”

燕以敖笑道：“给你记头功。”

夏乾也很高兴地看看易厢泉：“船上为什么没人？我还担心得很！是把所有宾客都换下去了？”

易厢泉摇头道：“没换。因为有宾客迟到，迟到的宾客会乘船单独前去，所以船只数量、宾客乘船的顺序会打乱，行进的速度也各有不同。我们安排了很多船在码头，在行进过程中，浑水摸鱼，让空船先行，变成第一批。载客的船只速度放慢，变成第二批。第一批空船先抵达凤仙台探路。那些蹲在树上的弓箭手，哪里会知道船上没人，只要看到船，就是一通乱射。那些坐在船上的宾客也不会觉得有问题，只不过是行船速度变慢了而已。”

夏乾咧嘴笑了：“还好提前准备了一手！”

易厢泉也笑道：“多亏你说要让人先行探路。我就想，既然要探路，不如让空船先行。”

燕以敖眉头一皱：“他们可真行，这么大的手笔，刺杀的规模几乎就是一场小型兵变。好在我们抓到了人。”

这时，只听得不远处一阵喧闹声。燕以敖他们急忙走出去，只见犯人统统躺在地上。郎中急得满头是汗：“他们全都服毒了，吃的都是死药。”

万冲急道："一个都救不活？"

郎中擦了擦汗："不行，人手不够，而且毒性猛烈。"

燕以敖眉毛一拧："再请郎中过来。"

易厢泉赶紧道："孙洵，叫孙郎中来试试。"

万冲急忙亲自去请。

当孙郎中赶到，结果也是所有犯人均已毙命。他们在行动前都服了烈性毒药，一旦行动不成功，便会集体自尽。即便是神仙来救，也无济于事。

事发突然，大理寺一下子安静了。燕以敖颓丧地坐到椅子上。现在的情况是他万万没想到的，费了千辛万苦，抓到这么多人，居然全部服了毒，一个活口都没有。

这时候，万冲进来道："头儿，开封府尹要向上递劄子，要咱们在天亮前把情况写清楚。"

燕以敖很疲惫："你去写吧，写好了，我直接去回话。"

万冲道："还有一件事，肖统……还活着。"

众人听后有些吃惊。燕以敖唰地站了起来："为什么不早说？"

万冲道："刚才一直忙着救人。肖统是被单独关押的，我们刚刚才确认，只有肖统没有服毒。"

燕以敖直接道："现在就去审。"

万冲问道："那开封府尹那边怎么办？"

易厢泉道："我去写。情况我都比较清楚，写好了，你们再看。"

燕以敖点点头，迅速打起精神："万冲，张鹏，你们跟我过来。"

万冲和张鹏立即跟上。

他们来到大理寺牢房。牢房里，一边关着普通犯人，一边关着重刑犯。在重刑犯的牢房里，只关了肖统一个人。

还没进门，就听见牢房里传出了声音——

“你们大理寺的人难道不管饭吗？我都饿啦！”

燕以敖沉着脸，来到尽头那间牢房，示意万冲和张鹏先进去问话。

牢房内，肖统站着，被五花大绑在木桩上。见万冲和张鹏进来，肖统笑了一会儿：“你们大理寺怎么回事？是要饿死我吗？”

万冲冷冷道：“不要扯没用的，说，你还有多少同伙？”

肖统笑道：“同伙？同伙都死啦！”

张鹏眉头一皱：“那你为什么没事？”

肖统无所谓地道：“每次行动都要服毒，每次我都不吃。我又不是第一天混日子，有一万种办法不服毒。我还想活命呢。快把饭拿来，我饿了。”

万冲道：“想吃饭可以，先回答你还有多少同伙。”

肖统歪头道：“一百来人吧。”

万冲厉声道：“说实话！”

“一百三，一百三行了吧！”肖统哼道，“真凶。”

万冲问道：“一百三十人，都在哪儿？”

肖统不说话了。万冲踢了他一脚，肖统“哎哟”了一声。

“行，我说，我说！”肖统委屈道，“回禀万大人，贼人都在千岁山呢。”

万冲道：“具体位置！”

肖统可怜兮兮道：“得让小的带你们去呀。”

万冲怒道：“少废话！快说！”

肖统嚷道：“你们不给饭吃！不给肉吃！我凭什么招？”

肖统闹起来，非常难缠。燕以敖盯着肖统半晌，道：“张鹏，去拿饭。”

张鹏立即离开。燕以敖搬了个凳子，直接坐在肖统面前，鹰一般的眼睛盯着肖统的脸，没有说话。

肖统笑道：“燕大人来啦，初次见面呀，我叫肖统。”

燕以敖没理他。这时，张鹏端来了一碗饭菜。肖统瞥了一眼，道：“连个鸡腿都没有。”

万冲站在一旁忍不住了：“有吃的就不错了，还挑三拣四。”

肖统哼唧道：“你们就是这么对待犯人的？快来看呀，大理寺虐待人啦！”

燕以敖道：“死刑犯的最后一餐是能吃上肉的，你要吃吗？”

肖统撇了撇嘴，没有回答，而是道：“绑着我，我怎么吃？难道你们喂我？”

燕以敖道：“万冲，把饭端走。”

万冲作势要端走。肖统撇了撇嘴：“还是端过来吧，我吃一口，保证说实话。”

万冲把饭端了过去。肖统看了看他，问道：“你就是那位把我抓到的万大人，真是好功夫呀！哟，手臂受伤了，疼不疼呀？”

万冲不耐烦道：“别废话，快吃。”

肖统撇嘴：“你拿近点，我够不到。”

万冲无奈，只好把饭端到他嘴边。肖统笑了一下，一下子狠狠咬住万冲的手腕。万冲叫了一声，手一松，碗"当啷"一声落了地。张鹏迅速上前给了肖统一拳，肖统这才松了口。

万冲脸色惨白，后退了几步，手腕处满是鲜血。张鹏急忙扯下衣服帮他止血。忙乱中，肖统满嘴鲜血地舔了舔嘴唇，哈哈大笑："好久没吃人肉了！"

他的声音又高又尖，每个字都令人厌恶。这种话说出来，着实有点惊世骇俗。

不远处，牢房内原本关着的普通囚犯听到他这句话，都欢呼起来。

肖统口中满是鲜血。他咧嘴笑了一下，侧过脸看看万冲，道："真是不当心，挂了两次彩，大理寺的人就是这么当差的？"

他故意大声说着。远处，其他犯人更猖狂了。他们叫着，笑着，沸反盈天。而张鹏一边帮万冲包扎手臂，一边急问道："头儿，要不要去隔壁看看？"

燕以敖一摆手，示意不用去管其他人。

肖统歪过头来，看向燕以敖："燕大人都不关心部下？真是无情。隔壁牢房里的兄弟都闹成那样了，你也不管。"

燕以敖没有说话，紧紧盯着肖统。

肖统可怜兮兮地道："别吓我呀，燕大人这是打算动用私刑？现在允许吗？可就剩我一个活口了，我要是死了，你可怎么办呢？"

说完，他猖狂地笑了起来。

燕以敖依旧没说话。他直接抽出了刀，速度很快。可他没有用刀刃的一侧，而是用刀鞘对着肖统。

肖统刚要说什么，却觉得下巴被燕以敖死死钳住了。燕以敖迅速直接地将刀鞘塞进肖统的嘴里，“咔嚓”一声，直接撬掉了他的一颗牙。

肖统发出一声可怕的尖叫。在这可怕的尖叫之后，远处，热闹的牢房突然安静了。

而眼前的牢房里也安静了。万冲和张鹏都愣在一边，肖统则无力地垂下了头，呼哧呼哧喘着粗气，不停地吐出血来。直接拔牙是很疼的，有的人承受不住，会晕过去。

燕以敖满手是血，依然盯着肖统，道：“张鹏，把饭拿给他，让他吃。”

张鹏道：“头儿……”

“拿给他！”

张鹏端着碗上前。肖统凶恶地抬起头，狠狠地啐了一口。他吐出的一大口血，直接喷在了饭上。

燕以敖道：“饭，我们端给你了，是你自己不吃的。”

肖统眼睛发红，脸色苍白。他恶狠狠地梗着脖子，抬头盯着燕以敖，咧嘴笑了。他的一颗门牙被撬掉，露出黑洞，很是骇人：“燕大人……可真是好手段……”

燕以敖道：“手段多得很。我们也不会从你嘴里追问什么，过几日，我们会把白景询带过来，你们认一认，事情就能了结。”

肖统吐了一口血：“我……可不认识他……”

燕以敖道：“那就小心你的牙。吃一次饭，撬一次。明早我再过来，也许到时候你就认识了。”

燕以敖说完，招招手，让万冲和张鹏离开。

肖统虚弱地道：“等一下。”

燕以敖回过头来。

肖统道："我告诉你们，我的同伙在哪儿——在千岁山南边的木楼……但现在已经没人了……"

他的脸肿了起来，讲话也含混不清了。万冲和张鹏看了看燕以敖。燕以敖道："叫郎中来帮他止血。万冲，今天不是你值班，先回去休息。张鹏，你带人去木楼看看。"

张鹏和万冲点头听令。燕以敖走到张鹏面前，叮嘱他一定要小心行事。之后，一行人离开牢房。

一路上，他们没有再说话，但心中都默念，肖统真是个疯子。

天还没亮，张鹏就带着十来个人向城外出发。他们要抵达木楼，在那里找一找线索，再根据线索找到西夏人。夏乾也跟来了。因为万冲受了伤，夏乾就帮忙牵着那只叫"糖葫芦"的狗。大理寺找人，都会让"糖葫芦"帮忙。

"糖葫芦"东闻闻，西逛逛，一路都没找到有用的线索。

直到天色快亮了，他们才看到一些脚印。这些脚印很是凌乱，又大又深。根据脚印来判断，应该是成年男子，身材高大，步履沉稳，很像练家子。

"糖葫芦"叫了起来。夏乾揉揉眼睛，道："可能是那些西夏人的脚印，他们在这里停留过。"

张鹏点点头。他们应该快到木楼了。

天色越来越亮。他们看见不远处的树丛中，有三座阴森的木楼。这三座木楼应该是临时搭建的，以回廊相连，扎根在树丛里，有点像南方的吊脚楼。

张鹏警惕道：“先列好队围起来，不要发出任何声响。”

很快，大理寺的人将木楼团团围住。现在天色微亮，可以看到，木楼内没有人影，也没有声响。

正在这时，“糖葫芦”忽然叫了起来。夏乾连忙喝止。可“糖葫芦”还在叫。

“‘糖葫芦’！‘糖葫芦’！”

夏乾拼命把狗拉到远处，“糖葫芦”这才不叫了。可刚才的那一番叫喊声很大，足以惊动木楼里的人——如果藏着人的话。

大理寺一行人将木楼围好后，便严阵以待。过了很久，木楼里还是没有任何声响。

张鹏做事相对谨慎，他想了想，道：“我上去探一探，其他人先不要动，听我号令。”

说完，他轻巧地跳上了木楼。木板发出清脆的嘎吱声。很快，张鹏进入了第一个房间，里面空空如也，一些被褥还在，大概是西夏探子之前睡觉的地方。张鹏在屋内查探了一圈，然后朝窗外的队伍挥了挥手。这是他们事先商定好的暗号，示意屋内是安全的。

紧接着，他走过破败的连廊，来到第二间。第二个房间里只放了一些盆和碗，除此之外，就没别的东西了。他仔仔细细地检查了一遍，然后又向窗外做了安全的手势。很快，他来到了第三间。

第三个房间里依然没有人，像是库房，里面堆着很多盆。

是炭火盆。冬天有炭火盆是很正常的。可一次在一个屋内堆这么多，就不正常了。张鹏很快就意识到，这是西夏人临走前在销毁一些书信材料。

书信都被烧焦了。借着晨光，张鹏发现地上有一张纸片，是没有烧完的。他低头看了看，神色一凝。这是一张地图。地图上的信息很重要，必须带回大理寺。他小心地将纸片放进怀里，然后走到床边，准备打出安全的手势——

空气中忽然传来一阵难闻的气味，好像是从身后传过来的。

味道有些不对。张鹏犹豫了一下，转身来到身后的一个木桶前，打算撬开看看。他掏出刀子，撬动了一颗钉子，木桶露出了一条缝。里面究竟是什么，看不清，但张鹏闻到了不同寻常的味道。

这时，天边忽然亮了一下。张鹏立即回头，却看到天空射来几支带火的箭。他立即大声喊道："撤！快撤！有火药——"

"爆炸啦！"

"千岁山有民居爆炸啦！"

易厢泉一下子醒了，只见外面天色已经大亮。他迅速打开窗子，看到城墙外有一道烟柱，那里是千岁山的方向。

他立即起身，发现大理寺内已经混乱一团。

一个时辰之后，大队人马回来了。易厢泉这才知道，张鹏死了。

他被拉了回来，身上盖着白布。大理寺门口聚集了很多看热闹的百姓。他们议论着，表情都很凝重。

"听说是昨天晚上的事！西夏人干的！"

"炸死了一个捕快！"

"我看就死了一个。"

“什么叫‘就死了一个’！死了人，还说什么风凉话！”

“西夏人真是可恨！”

在议论声和哀婉声中，张鹏被抬到了厅堂。厅堂内的同僚都沉浸在悲痛中。

很快，他们看到了平生最不想看到的情景——张鹏年迈的母亲来到了大理寺。

从她进门的那一刻开始，整个大理寺都安静了。

张鹏的母亲四十多岁，但脸上满是皱纹，一点儿血色都没有。虽然还不到五十岁，但已经满头白发，看上去非常苍老。进门之后，她一句话也没说，一滴泪也没流，而是颤颤巍巍地跪在地上，想掀开白布看看儿子。可白布下的肢体是残缺的，张鹏的腿已经被炸没了。

易厢泉站在远处，看着张鹏母亲的背影，心里已经能感受到万分悲痛。而“糖葫芦”围在他身边打转，意思是让他去后衙，夏乾在那里发呆。

易厢泉来到后衙，在夏乾面前坐下。两个人都沉默着。

夏乾低声道：“张鹏自幼丧父，家贫，是他母亲把他带大的。张鹏一死，只剩她母亲一个人了，以后不知要怎么办……”

易厢泉没有说话。

夏乾垂下眼眸，又道：“燕以敖说，他会处理的，还会捐些银钱，但是……”

就在此时，厅堂内传来撕心裂肺的哭声。张鹏的母亲终于哭了出来。

听见哭声，夏乾一下子就哽咽了，眼睛也红了。

易厢泉起身给他倒了杯热茶。夏乾没有接，而是又发了会儿呆，才道："我是亲眼看着张鹏进去的。当时'糖葫芦'一直叫，情况有些不对。他进了前两个屋子，都没问题，直到走进第三个屋子……如果不是他喊了声'撤退'，恐怕我们都死了。"

夏乾抱住了头。从今年冬天开始，他一连见证数次意外，夏至也好，张鹏也好……都以这样惨烈的方式在他眼前离开……他现在还在耳鸣，眼前似乎总有爆炸的火光。

易厢泉道："你们很幸运。"

夏乾喃喃道："也许我们就不该去，那样张鹏就不会……"

易厢泉道："在这种情况下，总要有一个人先过去探路。张鹏人很老实，遇到这种事，他会选择第一个去。他是个很勇敢的人。这件事情还没结束，我们也要继续勇敢地查下去。"

我们也要继续勇敢地查下去。

夏乾抬头看了看易厢泉。他觉得，易厢泉是那么不容易，失去亲人的痛苦、无数次的涉险、漫无止境的追凶之路……查了这么多年，他一直都是最坚定的那一个。

夏乾点点头，接过了热茶。杯子的温度传到了他的手心里，一点点暖了起来。

易厢泉问道："你知不知道为什么会爆炸？"

夏乾答道："我觉得有人跟着我们。"

易厢泉眉头一皱："昨天吗？"

夏乾点头："直到张鹏进入第三间屋子，远处忽然有人射箭。我觉得是有人提前埋伏。我们一行十来个人，还带着一只狗，如果有人跟着，可能性不大。但是，回来之前，我们勘察了四周，没有发现新的脚印。"

易厢泉眉头一皱："没有发现？山地的泥土应该很松软，你们既然看到了火箭射来的方向，沿着去找，应该能找到脚印的。"

夏乾道："大理寺的人还在勘查。根据之前的判断，那里的确有人走过的痕迹，但是脚印被遮盖了。后来，射箭的人攀着石头下的山，就再也找不到脚印了。"

易厢泉愣了一下。这是最令他吃惊的事情。一般的探子在野外行动，根本不会去清理脚印，但是这个放箭的人清理了。

夏乾继续道："对了，张鹏手里还拿着一张碎片。"

易厢泉眉头一皱。夏乾道："是地图，地点在大宋与西夏交界，像是个重要的军事地带，但看不清是哪里。碎片已经被燕以敖他们拿走了。他们说，可能和军情有关，需要仔细甄别，也需要和兵部的人，以及驻军进行确认。我在路上听到了一些传闻。就在昨天晚上，西夏人又一次袭击了兰州。百姓义愤填膺，都说西夏人要再次开战。你说会不会……"

就在此时，厅堂内传来一阵吵嚷声。易厢泉和夏乾连忙起身，估计是张鹏的死引起了一些事。

但很快，他们就意识到事情不对劲。

厅堂里太嘈杂了。

他们朝那边望去，竟然有三具尸体被抬了过来。

易厢泉和夏乾急忙过去。万冲在维持秩序，见了他们，只是急道："肖统越狱了！"

听到这个消息，二人都吃了一惊。夏乾急忙问道："是从大理寺牢内越狱的？"

"什么时候的事？"易厢泉也问道，"派人追了吗？"

万冲脸色苍白："李德已经带着人去追了。但肖统逃离有一段时间了，要找到他，只怕非常困难。"

夏乾摇头道："怎么会这样？燕以敖呢？"

万冲道："去牢里看情况了。你们也一起跟来看看吧。"

很快，他们来到了地牢，听到燕以敖在训话："没看到？什么叫没看到！"

守卫道："我们巡逻的时候，没有听见任何响动。本来肖统就是单独关在这里的，有三个人专门负责看守。当年鹅黄越狱之后，咱们的防范更严格了，不可能出现这样的情况。"

易厢泉在四周看了看。根据描述，第一个人倒在牢房里，正面着地；第二、第三个人都是背面着地。因为地面很干净，所以看不到任何脚印。锁是从门外打开的。按照现场情况来看，肖统是吃完了饭，守卫进去收盘子的时候受到了袭击，剩下两人闻声赶来，却都被肖统杀死。

万冲在一旁看了看，难以置信："出了牢门，大理寺内还有四名巡逻的守卫，肖统居然能逃开。"

回到厅堂，大家来到三名守卫的尸体旁，易厢泉低头扒开守卫身上的盔甲。他们是被一种细而长的剑刺穿了心脏。这种手法很罕见，而且行刺得非常隐蔽。

燕以敖看向万冲："肖统身上确实没带凶器？"

万冲很坚定地道："肖统身上不可能有兵器，我们搜查过了的。"

易厢泉想了想，道："可以把尸体送到孙洵那里，让她先看看。"

万冲点点头，想等燕以敖的命令。燕以敖的脸色很苍白，人也有些恍惚。他已经连续几日都没有好好休息，而肖统越狱，是大理寺最大的过失，自己很有可能会被降职。但燕以敖不担心这个，他在乎的是一天之内死了四位同僚，在乎的是大理寺厅堂里的哭声。

万冲小声道："头儿，头儿？"

燕以敖愣了一下，打起了精神："现在要赶紧把肖统找到，他应该没逃远。"

易厢泉问道："李德去哪里追了？"

万冲拿出地图，答道："和'糖葫芦'一起去的，去了千岁山的方向。"

易厢泉思考了一下，道："'糖葫芦'应该是闻着血腥味才去的。我倒是觉得很有可能他还在大理寺附近。大理寺附近有不少集市，远处还有一些其他建筑和府邸宅院，都很适合藏匿。"

万冲问道："肖统可能还没有出城？"

易厢泉点点头："肖统身上有伤，很难跑远。"

万冲看了看燕以敖。燕以敖点了点头。他明显认同易厢泉的说法。就在今天爆炸之后，防火亭那里已经加派了值班的人手，每隔一段路，就有官府的人站在高处监视，禁军张大人的守卫也被安排在了城门口。这样全城高度戒备，肖统插翅难逃。

正在这个时候，突然有人来报，说在附近的大相国寺找到了肖统的踪迹。他持刀登上了千佛塔，还劫持了两个孩子。

第六章

千佛塔

夕阳西下，易厢泉一行人来到了大相国寺。远远地，可以看到千佛塔。千佛塔位于大相国寺边上，一共七层，每层都摆满了佛像。离佛塔不远处，便是街道和一片湖。临近过年，大批百姓来这里祭拜，而今天偏巧又是施粥的日子，百姓聚集得更多了。人一多，总有走散的孩子，肖统就这样神不知鬼不觉地挟持了两个孩子，登上了千佛塔。

大理寺的人接到报案后，已将这里围起来了。一群百姓围在塔下看热闹，有两对夫妇在塔下一直哭，见到穿官服的人就下跪，求他们救救自己的孩子。

燕以敖问道："情况怎么样？"

李德忙道："肖统带着孩子登上了塔顶，不肯放人，让所有士兵都不能进塔，还说……"

燕以敖问道："说什么？"

李德道：“说，现在就让大理寺派一个人上去谈判。这个人不能带任何武器，谈成了，他就同意放人。”

燕以敖沉默了一瞬。他手下能用的聪明人不多，李德武艺不错，但是不善言辞；万冲更聪明，可受了伤，一旦动起手来，不是肖统的对手。其他人太年轻了，应付不了这样的场面。

最好的选择是自己。燕以敖想了想，道：“我上去。”

大理寺众人一惊。李德急道：“头儿，塔下士兵的部署也很重要。”

万冲也道：“我觉得这是肖统的计谋。按照他的说法，最适合的人就是燕头儿了，一旦您出了意外，我们就会群龙无首。”

燕以敖没说话。的确，他一旦受伤或者发生了别的事，大理寺会更加混乱。在短时间内，新的大理寺卿很难到任。而最近一个月，又是西夏活动频繁的时候。

也许这正是肖统的诡计。他叫燕以敖上去，就是这个目的。

哭泣的夫妇见状，跪地向燕以敖求救：“求你救救我们孩子！”

易厢泉看了看燕以敖，道：“我去。”

“等一下！”夏乾拦住他，“这件事还须从长计议，肯定是圈套！你忘了当年悬空寺的事了？”

万冲道：“我也觉得不对劲，肖统还要求放下武器，这些要求很奇怪。”

易厢泉道：“我会带着扇子。”

李德道：“可肖统指明要大理寺的人去。”

易厢泉道：“我也拿了大理寺发的银钱，勉强算是。”

夏乾还是不同意：“你不擅长武斗，即便拿了扇子，也打不过肖统！”

易厢泉道：“在场的人可能都打不过肖统。燕大人也许可以，但他身居高位，一旦出了事，大理寺将无人负责。何况，肖统同意让人上塔，说明事情有回旋的余地。我去，至少可以和他周旋，这是最好的办法。”

易厢泉说得有道理。论武斗，所有人都不一定是肖统的对手，但可以试试智斗。就在他们商量的时候，时间已经一点点在流逝。另一边，百姓一边看热闹，一边议论。孩子的父母大哭不止，场面越发混乱起来。

这件事需要燕以敖作决定。他抬头看了看塔。塔一共七层，每一层都有窗户。在顶层的窗户前，有一个黑影，那便是肖统了。肖统一直靠在窗子前，居高临下地看着他们。

燕以敖看了看易厢泉，道：“如果你是大理寺的官员，我会要求你上去，但你不是。如果你上塔，肖统未必会放过那两个孩子，也可能会杀了你，所以……这件事决定权在你。”

易厢泉再次道：“我上去。”

燕以敖吸了一口气：“好，我们会尽全力协助你的。”

夏乾急道：“一定要小心！”

易厢泉点点头，没有再说什么。他收好扇子，手持油灯，推开门进去了。

塔内的光线很是昏暗。虽然有窗，但空气有些污浊，味道很奇怪。易厢泉走得很慢。每走一层，他都要观察四周。千佛塔，顾名思义，里面有千尊佛像，都用石头雕刻而成。这里以前是供奉舍利的地方，现在堆积了很多木箱，箱子里都是经书，也算是个藏经阁。

易厢泉心中有疑惑，但他还是来到佛塔的第七层。

这里是佛塔的顶层。肖统听见脚步声，回过头，看到楼梯口出现的易厢泉，吃了一惊，眼神立即警惕起来。

看到肖统警惕的眼神，易厢泉反而放松了。这说明，他的出现是出乎肖统意料的。

肖统冷笑道："燕大人真狠心，让你这么个替死鬼上来。"

肖统的笑很是可怖，牙上的洞，黑黑的，声音，也带着几分怨恨。

易厢泉猜得没错，这件事有回旋的余地。他没有说话，只是看了肖统一眼，就将目光移到了别处。

现在天还比较亮，塔内也能看清，可以清楚地看到，整个第七层有四扇窗户，两两相对。四扇窗户前分别放着四个箱子，两个对着的箱子之间绑着绳子，两道绳子在第七层中间交错，成了一个"十"字。

易厢泉一下子就明白了，箱子里是孩子。

他紧紧地盯着肖统。肖统笑了一下，倚在窗前，道："挺好玩的，对不对？我绑了好半天呢。"

易厢泉把油灯放在离自己最近的窗台上，问道："你想做什么？"

"做什么，易公子难道猜不出来？"肖统拽了拽绳子，"玩个游戏，游戏的名字叫'猜猜我在哪儿'。我一共拐了两个孩子，放在其中两个箱子里，另外两箱里面是书，重量都差不多。你猜猜哪个箱子里是孩子，哪个箱子里是书。"

易厢泉心里一紧，道："你没必要这么做。"

"我愿意做什么就做什么。本来我是让燕大人来猜的，现在换成了你，行吧，好歹都算是我的仇家，谁都一样咯。"肖统笑了一下，快速跳到窗前，转身一踢，四个箱子都被踢出了窗外，悬挂在半空，全靠绳子与绳子之间两两平衡。在这一刻，塔下的百姓尖叫起来。

“怎么回事？怎么回事呀？”

“箱子里是什么？”

塔上，易厢泉脸色苍白。他知道，肖统一旦割断绳子，箱子就会掉下去。如果不及时抓住，孩子就会从七层高的塔上坠落。

肖统慢悠悠地走回窗前，掏出刀子把玩着：“猜吧，你指哪个，我就割断哪个箱子上的绳子。不过，一旦绳子断了，两个箱子都会坠地。易公子，你身手不太敏捷，估计只来得及拉住其中一个。”

易厢泉问道：“我怎么知道孩子是不是还活着。”

肖统道：“你爱信不信。我好不容易绑起来的，怎么，还得打开让你确认一下？”

易厢泉道：“孩子困在箱子里，不哭不闹，也许他们都已经死了。”

“只是昏迷了。真讨厌，你居然不相信我，我最讨厌别人不信任我了。”肖统开始用刀割绳子，“那咱们就试试喽。我数三个数，等箱子一落地，你不就知道啦？”

“等一下——”

“三！”

“你先别——”

“二！一！”

然而，肖统根本没有等，他直接割断了眼前的绳子。刹那间，绳子断开了。易厢泉的心漏跳了一拍。他只能下意识地向前一扑，抓住绳子的一端。只是这样，他只能勉强拽住一只箱子，另一只箱子失去平衡，瞬间从高塔上掉了下去。

箱子在落地时发出巨大的声响。百姓一阵尖叫。肖统吹了声口哨，侧过头看了看：“这箱是书，也没砸到人。易公子，真是幸运得很呀。”

这肖统就是个疯子！

易厢泉脸色发白。他原以为，自己只是来谈判，但现在情况比他想象中更加危险和复杂。他现在别无他法，只能紧紧拉住绳子，试图把未坠落的这个箱子拉上来。可是箱子非常重，他要使尽全力才能拉住。

肖统不满意了：“我定的规则，你可别瞎玩。你可以一直拽着不放手，但要是敢把箱子拉上来，我就把另外两个箱子踢下去。”

易厢泉生气道：“这样做对你有什么好处？”

肖统无所谓地道：“没什么好处，好玩而已。看你为难的样子，看楼下那群人害怕的样子，更好玩。”

“如果你再这样，大理寺的人会上来——”

“试试喽。他们敢上来，我就割绳子。怎么，要把我拉回牢里，杀了我不成？燕大人想再敲掉我几颗牙？”

肖统笑了。

易厢泉一时没说话。箱子很重，他的手很疼，感觉很难坚持住。他必须冷静下来。自从上塔，一切发生得太快了。他必须遵循肖统设定的游戏规则，所以处于不利地位。

如果要逆转，就必须打破游戏规则。

先看看制定规则的人。

肖统的思维似乎和常人不同，大理寺的人形容他“像个疯子”。的确，他一直都很像疯子，心狠手辣，杀人无数，而且想法颇为奇怪，就像个疯疯癫癫的杀人魔。

但他真的是这样一个人吗？

不是的。他是西夏的探子，地位仅次于白景询，而且常年在各地活动，却很少被发现。他杀了很多人，包括鹅黄。他武艺高强，还能从戒备森严的大理寺逃脱，这些事常人根本办不到。

而且，肖统不忠心。每次行动前，杀手必须先服毒，只有肖统没有这么做，他避开了，而且是每一次都没有服毒。

此外，他最厉害的是骗术。当年，他在仙鱼苑装成乞丐，骗了易厢泉和夏乾。那神态和说话方式，和如今可一点儿都不一样。

易厢泉冷静下来。根据以前对他的了解，肖统不是疯子。相反，他不仅武艺高强，而且非常聪明。

可他这是在做什么呢？

一般人逃狱，穷途末路之下，的确会劫持人质，但一般都是要求官府备车，以供逃脱，很少有人会像肖统一样“玩游戏”。他是穷途末路了？可他明明那么聪明，武功又高，这是要做什么呢？

易厢泉问道：“这件事是不是你自己的主意？”

肖统咧嘴一笑：“当然是我的主意。我想怎么玩，就怎么玩。”

易厢泉问道：“如果我选择不救人，直接叫大理寺的人逮捕你，你会如何？”

肖统大笑道：“好哇！现在就来试试呗，大家一起去死呀。”

他好像有些生气了，掏出刀子，要再砍断一根绳子。看他的动作，是真的要砍。易厢泉心中一凉，立即道：“我不是这个意思，有事可以商量。”

他第一次有了低头的意味。肖统听了，笑了笑，把刀子收了回去。

易厢泉以为肖统要开始提一些严苛的要求，譬如放了他，或者一些更疯狂的要求。但肖统没说话，只是懒洋洋地倚靠在窗边。

在这一刻，易厢泉忽然觉得自己猜对了。肖统逃到千佛塔，是计划好的。两个孩子和箱子，也是计划好的。这根本不是一个疯子临时起意的行为，而是一个巨大计划中的一环。计划未必是肖统制订的，他们一定有别的什么目的。

游戏在这一瞬间有了变化，不是猜孩子在哪个箱子里，而是猜肖统的心。易厢泉必须在这种情况下，猜出肖统的想法和目的，并想出解决办法，成功救下所有人。

这时候，肖统看着窗外，道："再砍一根吧。"

易厢泉急道："等一下——"

"我砍喽！"

肖统玩了玩刀，却没砍，而是用力拽了拽绳子。悬挂在窗外的箱子晃动了几下，塔下的百姓又开始一阵惊呼。隔着七层塔，似乎能听到百姓的尖叫和那两对父母悲痛的哭喊声。

肖统笑了："看把他们吓得。"

他没砍，但他一直看着塔下面。这并不符合常理。一般这样的情况下，人是一定会看向塔中唯一的威胁——易厢泉。

但肖统一直看着塔下。是易厢泉武艺不精，威胁不够吗？

肖统靠在窗边，他的位置可以看到很美的景色。夕阳一点点落下去，远处金色的湖面闪闪发光。塔下站着很多人，大理寺官员拼命维持着秩序，父母在痛哭哀号。随着刚才箱子落地，看热闹的人越来越多了。大相国寺外面就是夜市，马上要开市了，人越来越多。但今天格外不同，夜市上的百姓都跑来大相国寺看热闹，勾栏瓦肆的节目哪有这样的惊险呢？有人从千佛塔顶层往下扔箱子，箱子里是活生生的孩子。

百姓愿意看热闹，即便是杀人，也是愿意看的。

夕阳的光一点点弱下去，微弱的光照着肖统的脸。他的脸很年轻，眼睛一直看着塔下，疯狂的眼神中，带着鄙夷和不屑。

还有一点点紧张。

他在看什么呢？看百姓吗？

就在这时，突然传来一阵哭声——哭声是从塔顶其中一个箱子里传出来的。易厢泉心里一惊。无疑，那个箱子里是孩子，因为时间太久，他醒了过来，一直哭喊拍打，发出咚咚咚的声音。

肖统怒喝道："哭什么！再哭就杀了你！"

他怒喝之后，孩子居然真的不哭了，变成微弱的啜泣。易厢泉猜到，这孩子年纪应该不小，比较懂事，知道自己面临着什么处境。

但让人奇怪的是肖统。面对这种情况，他选择喝止，而不是直接把人丢下去。

易厢泉忽然有了一个猜想，肖统可能是在等同伙的救援，所以一直用这种乱七八糟的方法拖延时间。但如果同伙一直不来，会怎么样？他会直接把绳子砍断吗？

易厢泉试探道："我们可以放了你。如果你放过这两个孩子，走下塔去，我们可以放你一条生路。"

肖统懒洋洋地看着他："燕以敖还敲掉了我的牙呢，让他赔吗？哼，想想就生气。"

他抬手，又想砍绳子。易厢泉连忙道："还能换消息。我可以用两样东西换，一个人，一份情报。"

肖统抬了抬眉毛。

易厢泉道："我先说'一个人'是谁，是洛阳知府郑京烟。"

他说完，轮到肖统愣了一下。郑京烟，今年在洛阳的时候，他们派人用弓箭手刺穿了郑京烟的心脏。他明明已经死了，不，即使郑京烟没有死，也构不成任何威胁。西夏探子的事已经暴露，即便受到郑京烟的指证，也没什么关系。

想到这里，肖统又换上了不屑的神情。

但易厢泉捕捉到了他的神情。郑京烟早就死了，刚才的事是他随口编的，肖统居然听进去了。既然肖统还记挂着这些事，说明他不是亡命之徒，根本没打算赴死。他一定有办法从这个塔里逃脱。

易厢泉目前的猜想是，肖统在等同伙救援。但就在此时，楼下又传来一阵骚动，大理寺的人抬来了棉花和被子，铺在地上。万一箱子不慎坠落，这些最简单的东西也许可以救命。

等来等去，只等来了这个。易厢泉迅速看了肖统一眼，但肖统只是伸头看了看楼下，并没有什么别的反应。

在这一刻，易厢泉忽然观察到一个问题，那就是肖统站的位置。从他一进塔，肖统就一直站在窗边。窗户一共四扇，肖统只靠在那一扇。可能是习惯使然，可能是和箱子里的孩子有关，也可能那里是攻击易厢泉的最佳位置。但有一点不对劲——肖统所在的窗户，并不是观察百姓的最佳地点，乃至于不论下面发生了什么，肖统总要伸头去看。可即便如此，他依然不换位置，偏偏守在那一扇窗户前不动。

他站在那扇窗户前做什么呢？窗户底下有什么？

湖。

那扇窗户离湖最近。易厢泉一下子就明白了——这是肖统的逃跑路线。一个人从七层高的塔顶跳下去，必死无疑。但如果跳到湖里，是能生还的。肖统是杀手，一定受过专门的训练。如果能趁乱跳入湖里，也许有逃生的可能。

易厢泉推断，肖统是想在某一时刻连续砍断绳索。为防止箱子坠地，易厢泉必须上前牵拉，腾不出手来管肖统。而大理寺的官兵准备对坠落的箱子施救时，肖统立即转身跳入湖中，那就可以逃脱。

但这样真的好吗？官兵包围了大相国寺。肖统落入湖中，应该很快就会被捕。

就在此时，肖统又动了。他看了易厢泉一眼，看了一眼楼下的百姓，又看了看墙角。

墙角？

易厢泉也看了看墙角。那个墙角，肖统偷偷看了好几眼。真是奇怪。

太阳终于落了下去，周围越来越暗。易厢泉看清了，角落里有根不起眼的绳子，很细，看着像是杂物，好像被箱子压住了。

肖统一直在偷偷瞄那绳子。

就在这一刻，易厢泉忽然想起了夏乾的话，又想起昨天发生的事情，想起进门之后闻到的古怪气味，他这才恍然发现肖统的目的——

那不是一根绳子，而是导火索——千佛塔里有大量火药！

易厢泉瞬间变得格外紧张。他怎么就没早点想到呢？塔内的异味是火药的气味，只不过被香料掩盖了。肖统的目的不是单纯地想要逃跑，孩子和箱子都只是诱饵。等天黑夜市开启，大量百姓聚集过来看热闹的时候，肖统会把导火索引燃，千佛塔就会爆炸，方圆一里之内就会伤亡无数。

怎么办？怎么才能逃脱？怎么才能救下所有人？

易厢泉强迫自己冷静。

很快，他有了主意。

周围很暗，只有手边的油灯还亮着。

就在这个时候，肖统敏锐地看了一眼油灯。他此时才注意到光的重要性——天黑了，灯是塔内唯一的光源。

“要灯吗？”易厢泉问道。

而此时，肖统的眼神开始有些不对了。他变得警惕起来，紧紧盯着易厢泉。

“你要灯？”易厢泉又问了一句，然后退后一步，示意肖统过来拿。

肖统小心地上前一步。就在此时，易厢泉直接一抬手——油灯从窗户翻了下去，坠下了塔。塔内霎时间一片黑暗。肖统眉头一皱，迅速掏出火石，在墙上快速摩擦，又拿出火折子。很快，周围再次亮了起来。

易厢泉站在一侧，解放了双手——他趁着黑暗，把绳子系到了一起。三只箱子受力均匀了。

肖统知道，他必须行动了。他看了看下面，又看了看角落。就在下一瞬，他的脸色一下子变得苍白。

“你在找这个吗？”易厢泉拿出“绳子”晃了晃，“这是导火索。刚才趁黑暗，我把它揪断了。”

肖统的眼神一下子变了。他变得狠厉起来，双脚顿地，打算一跃而起。可他哪有易厢泉快，易厢泉抬手就把导火索扔出了窗外。

肖统的脸色瞬间变了。

易厢泉看着他，道："整个千佛塔里都装了火药，这种方式破坏力太大了。大相国寺一带最热闹，夜市、大理寺、尚书府都在这附近。但……如果你点了火，你真的能成功逃脱吗？"

肖统没有说话，他下意识地瞥了一眼外面的湖。

易厢泉道："你的原计划是，先点火，再跳湖。听起来可行，实际上危险极大。最不可控的因素就是导火索。导火索的长度要很精确。如果过长，炸药还未点燃，就会被熄灭；导火索太短，你又来不及逃脱，所以，你才无比紧张，一直下意识地盯着导火索，一拖再拖。"

肖统沉不住气了。他握紧了刀。易厢泉道："没用的。即便你现在杀了我，杀了孩子，再跳入水中，也很难逃脱。昨夜温度骤降，湖水非常寒冷，部分地方已经结冰。即便你受过训练，常年习武，也难保不留下病根。即便你游了很长一段距离，大相国寺早就被官府的人围住了，汴京城的城门也全是守卫，你怎么逃脱？"

肖统的眼神开始飘忽不定。易厢泉全都说对了。

易厢泉盯着他，继续道："这计划很危险，肯定不是你自己制订的。你在行动之前都不肯服毒，说明你很爱惜自己的性命，才不会使自己陷入危险境地，所以……这是白景询制订的计划吗？他根本不顾及你的安危。即使你成功逃脱，但你没有炸毁千佛塔，白景询不会怪罪于你吗？我猜他是个疑心很重的人。这么长时间，你都没有炸掉千佛塔，即便你回去了，他还会信任你吗？肖统，从我扔掉导火索的那刻起，你就输了。你无路可走，但是我可以给你条路。"

肖统眼神动了动。

易厢泉道："你装死。"

肖统一愣："什么？"

"装死。"易厢泉道，"这里，除了咱们二人，没人知道塔上发生了什么。如果你怕不安全，我先下楼，之后我会和燕以敖说明情况，大理寺会派人上来，亲自帮你'收尸'。他们会运送你去一个安全的地方，此生都不会有人找到你。如果你愿意回西夏，我们绝不阻拦。但是，你为西夏卖命这么多年，有没有想过自己的结局？是死在杀人的路上，还是拿着钱财隐退？如果是后者，没有比现在更好的机会了。我们会给你金银，给你保护，给你新的身份。但是，若你同意了我的提议，以此作为交换，我需要你说出一些你知道的信息。"

下面的百姓越聚越多，夜市开始了。大家聚集在楼下，而孩子的父母已经哭坏了嗓子。可千佛塔中一片寂静。

肖统沉默着，做着最艰难的选择。

肖统注视着易厢泉，答道："可以。但我必须确保安全之后再说。这件事，你只能告诉万冲和燕以敖，其他人不能知道。"

易厢泉道："再加一个李德，由他带你出城。"

肖统不耐烦地点了点头："总之，消息不能外泄。"

易厢泉道："没问题。为保证诚意，你是不是应该告诉我一些事？比如你们的计划、探子的聚集地、白景询的下落……"

肖统沉默了。他在犹豫。

易厢泉没有催他，而是静静等着。终于，肖统呼出一口气："我们的人……聚集在汴京城郊的采石场。"

易厢泉忙问道："哪个采石场？多少人？"

肖统没有回答，而是道："天亮之前，你们要把我送离汴京城，到那时候，我会把我知道的情况都告诉你们。”

易厢泉没有回答，而是问道：“无影是谁？”

肖统道：“我不知道，只知道他在汴京城，一直盯着大理寺。”

易厢泉怀疑地看向肖统。他不觉得肖统对无影的事一无所知。但如今的情况，肖统不肯说，他也没办法。

易厢泉继续问道：“白景询在不在汴京城？他还要做什么？”

“不知道。”肖统的语气很生硬，“上次见他是在一个月之前。但我知道，如果白景询这次计划不成功，他会失去在西夏的官职。”

易厢泉道：“那——”

肖统厉声道：“别问了！小心我改主意！”

“成交。”易厢泉点点头。

第七章

没有影子的人

就在当天，楼下的百姓从夕阳西下等到天黑，终于看到悬空的箱子被拖了回去。很快，易厢泉捂着胳膊出了塔。百姓一阵欢呼。夏乾急忙迎上去："你没事吧？伤得厉不厉害？肖统呢？"

"我没事。"易厢泉摇摇头，"肖统死了。我扇子上涂了毒，射中了他的腿。"

燕以敖立即带人进去。易厢泉则先行一步，带他进入塔内，说了什么。之后，燕以敖只带了万冲和李德上楼。不久之后，孩子们被解救，肖统的尸体也被抬了出来。

半个时辰之后，大理寺的人带了几条狗，在汴京城城郊搜索。很快，他们就找到了采石场。因为已经是二更天了，大部分人已经悄然入睡。大理寺的人快速围拢，趁着黑夜突袭。西夏探子疏于防备，仓皇之中奋起反抗，最后一部分人逃脱，一部分人被捕。

沸沸扬扬的拘捕行动很快有了战果。这一战，大理寺大获全胜。

三更的梆子响起，大理寺内却热闹非凡。官员们忙着押送和审问，根本没人回家休息。易厢泉和夏乾在大理寺的值班房内溜来溜去，等着审问结果。而在这样吵闹的环境下，柳凝趴在一边睡着了。

没过多久，万冲推门进来。

夏乾忙问道："怎么样？这次的人服毒了没有？"

万冲高兴地道："这次的行动快而狠，落网的探子根本来不及服毒，一夜之间，抓了十几个人。"

夏乾惊喜道："这么多人！"

万冲点头："我们头儿说，这次，没想到这么顺利，只要好好审，一定能审出更多线索。这个采石场位于汴京城城郊，今年才成立。西夏的探子一直装成采石工人。他们吃住在一起，又有了合理的身份，这样就没让任何人起疑。采石场内存放了铁器、火药，而且他们还有自己的通信驿站。千佛塔的佛像在今年有一次集中修缮，西夏人趁此机会把火药放进了佛塔内。"

易厢泉问道："几个月前就放进去了？"

万冲点头："对，这件事是有详细计划的，目前可以确定，看守千佛塔的小僧也是西夏探子。他们原先的计划是，等皇上或皇子前往大相国寺祭拜的时候动手。但今年皇上身体不适，过年之前不会出宫了，所以肖统才匆匆行事。"

夏乾叹道："真是可怕。"

易厢泉问道："是不是只有千佛塔里有火药存放？"

万冲道："就我们目前审问的结果来看，只有千佛塔内有火药。但我们头儿，还有禁军统领张大人都不放心，正在加强守备。”

夏乾道：“如果能把逃跑的探子也抓住，那就没有后顾之忧了。”

万冲道：“我们会加紧搜捕的。但擒贼先擒王，必须找到他们的头目。”

易厢泉问道：“白景询还是没有找到？”

万冲摇头：“没有发现白景询的踪迹。我们审问了几个西夏探子，他们都说从来没有见过他。我们估计，白景询是高官，普通的探子见不到他。不过，以后也许会查到的。”

万冲看了易厢泉一眼。易厢泉明白，肖统是他们最重要的证人，李德已经连夜将其送出了城。天亮之后，他们需要从肖统口中问出其他线索。

夏乾也很是高兴：“不论怎样，绝对是巨大的进展。”

易厢泉看了看万冲的神情，问道：“是不是西夏人还有什么大计划？”

万冲犹豫了一下，点点头：“燕头儿、兵部尚书和开封府尹都到了，现在都在审问，但是这些探子就是不肯开口。不过，从他们的言辞中，我们也能猜个大概。”

万冲欲言又止。易厢泉问道：“和战事有关？”

夏乾急道：“要打仗？这种事，我们能听吗？”

万冲犹豫了一下：“头儿让我跟你们知会一声，切记不要外传。”

易厢泉和夏乾急忙点头。

万冲带着他们来到隔壁小屋，然后转身关好门：“我跟着去采石场的时候，那些探子跑了几个，有几个在销毁书信。我们从炭火盆里找到了一些残存的纸片，可以确定的是，西夏大军正在集结。”

夏乾一惊："怎么又要打？去年永乐城之后，双方明明议和了呀。"

万冲叹道："哪有简简单单的议和？西夏军队没事就会在边境滋扰。趁着大宋元气大伤，今年冬天会再度开战。应该就在这几日了。"

再度开战。

易厢泉和夏乾都沉默了。他们清晰地记得，去年永乐城开战的时候，他们都在西域。好不容易从蜂塔逃出来，却发现宋军吃了败仗。百姓惴惴不安，商人断了财路，大宋一片哀鸣之声。夏家生意第一次危机也在那时爆发。如果再打一次仗，不知会是什么后果。

夏乾抱着手臂，道："我就知道！西夏人袭击了兰州的火器营，然后假借暗杀吴王，其实是要暗杀一众大臣；之后张鹏被炸死，肖统又意欲炸毁千佛塔，整个冬天，所有的事都令人措手不及。原来，这才是他们的目的！白景询带着这群探子，怎么会只满足暗杀和搞破坏，他们就是想打仗！"

易厢泉问道："大宋这边情况如何？"

万冲道："兵部连夜开会，先要确认消息的准确性。现在正派遣兵力开拔。"

夏乾忧心道："可西夏这么远，永乐城之战已损失了不少兵力，天寒地冻的，能行吗？"

易厢泉问："西夏有多少兵力？"

万冲也满是担忧："根据目前的消息，可能是五万人。"

夏乾惊呆了："五万？永乐城之战后，他们还有这么多兵力？"

易厢泉问道："进攻地点呢？"

夏乾道："应该是兰州吧？"

万冲答道："会州。"

夏乾一愣："可西夏军之前袭击的都是兰州。"

易厢泉低头看着地图，道："会州距离兰州不远。"

万冲点头："西夏人频繁滋扰兰州，是声东击西的计策。根据我们对那些探子的审问情况，他们真正的进攻地点是会州，而不是兰州。当时，张鹏拼命护住的纸片，上面标定的是会州兵力部署图。还有，我们从采石场缴获的书信碎片，虽然被烧焦了，但仍然可以看出进攻地点是会州。"

夏乾问道："他们哪里得来的兵力部署图？兵部是不是有他们的探子？"

万冲暗暗点头："兵部已经戒严，现在要一个个审问。"

夏乾叹息道："天呐，白景询到底往汴京城塞了多少人啊？！"

易厢泉问道："攻打会州如何？攻打兰州又如何？"

万冲压低了声音："所以现在所有人都在商讨，想要确定我们的消息是否准确。现在军令已经传出去了，大宋军队会集结，先往西北方向开拔。"

易厢泉问道："我们有多少人？"

万冲没有说话，比了一个数字，是六万。

夏乾道："还可以。就不能再多一些人？"

万冲叹道："这些人还得从银川寨调。去兰州也好，去会州也好，都要往西走。大宋军队晚一日抵达，边境就多一日风险。"

现在，问题已经明朗，调动军队是必须的，只是不确定是在兰州，还是在会州。以前，认为西夏人会攻打兰州，目前看来则是会州。也许兵部会将六万人平分，兰州、会州各三万。但具体兵力部署还需要商讨，所以兵部一众人等才会频繁讨论。

这件事脱离了易厢泉和夏乾的能力范围，而且也不应由他们决定。万冲吸了口气，对易厢泉道："燕头儿让我来跟你们说，就是让大家不要掉以轻心。其他的事，还要继续查，探子也要继续抓。你们这几天就先住在大理寺等消息。"

易厢泉点点头："知道了。"

当夜，易厢泉和夏乾休息的时候，大理寺的人还在忙个不停。他们从探子口中审出了重要信息，写成了口供。这些口供被连夜送到了皇上手中。很快，调军的命令就传了下去，被快马加鞭送到边境。宋兵连夜从银川寨出发，只希望能赶在西夏大军进攻之前抵达战争前线。

第二天，前线传来消息，大宋安插在西夏的探子带着人去前线潜伏，趁着夜晚，探明了西夏大军的帐篷数量，估算有五万人。

几名大臣依然在为兰州和会州争论不休。还有一个更糟糕的消息，会州、兰州一带下起了大雪。宋兵一向不耐寒，战马也不适宜在冬天行动，这样行军变得更加缓慢了。

夏乾忧心忡忡："银川寨……距离兰州和会州还挺远。你说，来得及吗？"

易厢泉摇摇头："不知道。西夏探子已经被捕，西夏人的目的也暴露了。如果我是白景询，一定不会再等了。"

夏乾问道："你是觉得，今夜就会开战？"

易厢泉道："不一定。刚才听说会州下了大雪，我们行军慢了，但也许能让西夏人的进攻迟一些。"

夏乾急得在房间里走来走去：“如果援军到不了怎么办？”

易厢泉道：“只能靠守城军硬撑。”

夏乾问道：“撑得住吗？”

易厢泉道：“守城军人数少，今年冬天冷，大雪又频繁地下，只怕很困难。”

夏乾问道：“如果撑不住呢？”

易厢泉没说话。

夏乾问道：“西夏军会不会在边境撕开一个口子，直接攻到中原来？”

易厢泉依然没有说话。

夏乾站起来：“走吧，咱们去一趟金雀楼。”

易厢泉一愣：“去吃顿好的？”

夏乾笑了一下：“当然了，吃顿好的，我还要去盘一下账。”

易厢泉想了想，明白了夏乾的心思：“你想捐钱？”

夏乾点点头：“金雀楼不知道还有多少银子。如果有结余，前线需要钱，我肯定要捐出去。这种时候，我们这种小商人，也帮不上什么大忙。”

易厢泉点了点头：“我跟你一起去。”

天黑了，他们雇了一辆驴车，易厢泉、夏乾和柳凝都上了车，一路往金雀楼而去。易厢泉伸手掀开车帘，看向外面。一更天已经到了，汴京城最繁华的街道都是叫卖声。现在是一天之中最美好的时刻，勾栏瓦肆无比热闹，卖艺人吐着白气，卖力地表演，一些小贩大声吆喝，在做着今年最后的买卖，很快，他们就要归乡过年了。春联、窗花、爆竹……人们在夜市不停地挑选购买，街边小摊也挤满了食客。他们议论着科举，讨论着国事。在百姓的闲谈中，可以感觉到，西夏即将与大宋开战的消息并没有传到大家的耳朵里，每个人仍在努力地生活，准备迎接新的一年。

驴车外是百姓热热闹闹的生活，驴车内非常安静，气氛有些压抑。

夏乾发了一会儿呆，叹了一口气："现在一切都不一定呢，是不是？我们不一定会输。这么多官员都在商讨，一定会有好的办法。"

易厢泉放下车帘："是。现在说什么都为时过早，很多大事是由小事决定的，一个决策、一场大雪……都会对事情造成改变。"

夏乾叹道："可惜我们什么都做不了。"

易厢泉道："做好自己的事，做好眼前的事就行了。"

夏乾抬头看了他一眼，忽然道："你的手受伤了！"

易厢泉愣了一下。是，这是他昨天为了隐瞒和肖统的交易，自己划伤的，但没有包扎，伤口有些泛红。

"没事。"易厢泉道，"我自己上点药就行。"

夏乾看了看伤口，道："这得去医馆看看！"

易厢泉赶紧道："不用了。"

夏乾对车夫道："去孙家医馆。"

车夫点头，掉转车头。夏乾则道："你包扎之后，去金雀楼找我们。还有……"

夏乾看了他一眼，好像有话要说。

易厢泉问道："怎么啦？"

夏乾问道："你的扇子什么时候涂的毒？"

易厢泉道："是我随身带着的。听到肖统劫持了孩子，我就做好了准备。”

夏乾看着他的眼睛，问道：“你……真的杀了肖统吗？”

在这一瞬间，驴车内很安静。柳凝揉了揉眼睛，好像睡醒了。而窗外是闹市，卖糖水的吆喝声不断传来。易厢泉一时不知道该说什么，只是道：“真的杀了。你为什么这么问？”

夏乾垂下眼睛：“没什么。我只是觉得，无论好人坏人，杀人都是一件很难的事。你杀了人，却比我想象中要平静。”

易厢泉这才意识到，自己从千佛塔出来，伪装伤口，伪造他和肖统之间的对话……无论他如何伪装，其实装得根本不像。夏乾作为他多年的老友，一眼就能发现他的不寻常——易厢泉其实是个心软的人。他越平静，就越不正常，根本不像是杀了人的状态。

但易厢泉又不能对夏乾解释。恰巧这时，驴车停了，孙家医馆到了。

夏乾恢复了精神，喊道：“孙郎中，孙郎中！易厢泉受伤啦！”

很快，孙洵从屋内出来，急道：“受伤了？听说昨天大相国寺那边出事了，你也去了吗？”

易厢泉还没来得及说话。夏乾道：“没事，他伤得不重。你先给他上药，一会儿让他来金雀楼找我们。”

孙洵看了一眼易厢泉捂着的胳膊，立即对伙计道：“挂休诊的牌子。除非急诊，否则不接。”

伙计问道：“又休诊？这——”

“这么晚了，哪有还有病人！”孙洵转头，问柳凝，“你呢？最近好些了吗？”

柳凝摇头，表示不想去医馆。孙洵叹了口气，带着易厢泉来到内室。孙洵麻利地洗了手，道："快让我看看伤。"

易厢泉无奈地点了点头，撸起了袖子。

孙洵吃了一惊："这么小的伤？"

易厢泉道："对，小伤，没事的。"

孙洵皱了皱眉头："不对，你这不像是……"

易厢泉想放下袖子："随便上点药就行。"

孙洵拉住他，反复看了看："这是不是你自己划的？"

易厢泉没想到会被她一下子看穿。他没有立即回答，但孙洵马上明白了："就是你自己划的。是苦肉计吗？"

易厢泉犹豫了一下。

孙洵问道："和大相国寺的事有关吗？不能说？"

她太聪明了。

易厢泉呼出一口气："只有燕以敖、万冲和李德知道。"

"行，你不说，我就不问。"孙洵利索地扯过纱布。

易厢泉看了看她。灯光下，孙洵很是认真，眼睛非常明亮。她一点点地清理伤口、上药，动作非常温柔，生怕弄疼了他。易厢泉看着她，忽然觉得眼前的人是那么值得信赖。不知为什么，他脑中有些空白，他想把一切都告诉她。

就在易厢泉要开口的时候，孙洵道："如果你不能说，就不必说。我能猜个大概。但有件事我想提醒你，大理寺并不安全。"

易厢泉眉头一皱："你是说，大理寺内有西夏人的内应？"

孙洵快速上好了药，道："你跟我来看看。"

孙洵带着他走进医馆最里面的屋子。这里非常冷，里面放着四具尸体，三具是今天刚送来的大理寺监狱守卫，他们负责看守肖统。还有一具，是几天前阿琴的尸体。

孙洵点了灯，吐着哈气，道："先看这三具。这三具尸体很奇怪，是被一种细细的利刃所伤，并不长，看起来是某种刺客用的兵器。"

易厢泉问道："是从正面刺死的，还是从后背刺死的？身上还有没有其他伤痕？"

他问这句话意图很简单。他们原来认为，肖统是自己袭击守卫离开的。守卫有的正面倒地，有的背面倒地，但不能确定是正面受到袭击还是背面。如果守卫是背面受到袭击，无疑就是偷袭。如果是正面袭击，那便不一样了，守卫有可能认识袭击他们的人。

但孙洵给出了令人吃惊的结论："他们是被毒死的。"

易厢泉很是吃惊："毒死的？"

孙洵点头："是被毒死的，身上的刺伤全是死后伤。"

易厢泉脸色微变。这个发现可真是不得了。

孙洵又道："把胃部剖开，可以看到饭菜，应该是有人在饭菜里下了毒，他们吃了，过了一会儿，毒发身亡。"

事情并不简单。大理寺的饭菜都是统一配发的。这三名守卫是在牢房内吃的，吃完接着值守。换言之，只有他们几个人中了毒，下毒的地点在牢房，或者是从厨房端来的路上。能在饭菜里下毒的人，一定不是肖统，因为肖统一直被绑着，不能行动。

大理寺内有人提前下了毒，之后又刺杀了他们，装作是肖统越狱的样子。这个人应该是肖统的同伙。

这个人在大理寺吗？是无影吗？易厢泉皱了皱眉头，现在还不能下定论。

孙洵道："还有，这个唐五的尸体也有些蹊跷。"

她端着油灯走到尽头。这具尸体是阿琴，已经放在这里几天了，虽然周围放了很多冰块，但仍然有小蚊虫来这里侵扰。

孙洵赶走了它们，又拿了几盏油灯。很快，周围亮了起来。易厢泉低头看着，阿琴的胃已经被孙洵剖开了。

孙洵道："胃中的残余物并没有毒性。"

易厢泉问道："依你之意，他根本没中毒？"

孙洵道："现在还不能确定。这四具尸体真是很特别，三具看起来像是刺伤，其实是中毒；阿琴看起来是中毒，偏偏又检查不出毒物来。"

易厢泉低头看了看，问道："如果不是中毒，死因是什么？"

孙洵把旁边的布包打开，道："在口鼻处找到了棉花——有人用被褥按压住死者的口鼻。"

易厢泉问道："她是被闷死的吗？"

孙洵道："有可能。闷死的特征和毒发很像。如果真是被闷死的，有可能是成年男子所为。但若是习武之人，也不一定是男子。"

易厢泉没有说话。当夜看着阿琴的是张鹏。张鹏说自己听见奇怪的声音，出去了一趟。也许有人在那时候趁虚而入。

可为什么要闷死呢？是为了不让人发现吗？

孙洵看了看这四具尸体，忽然有了一个奇怪的想法。她思索了一会儿，又点了一盏灯，道："你先出去，我要再验一验。"

她要自己单独待一会儿。易厢泉立即点头，配合地离开了屋子。

屋内只剩下孙洵一个人。周围很安静，也很冷。但是孙洵的思路一点点变清晰了。

此时她心中有一种猜想，这四具尸体，也许是同一个凶手所为。但医者论断必须要精确，否则会害人性命。验尸也是如此。若找不到证据，就不能胡乱猜测。

她将尸体重新检查。很快，她发现了一个线索，死者的指甲里，有人的皮肤，这证明她死前挣扎过。

蚊虫又飞来了，在死者的头部打转。

孙洵顺着蚊虫飞舞的方向看了看。它们落在了死者的发髻上。

死者发髻散乱，但散乱的形状有些奇怪。一般发簪会松掉，但死者的头发是向两边散开的。

就像是被人拨开的。

孙洵忽然想起一件事。她验尸的经验虽然不多，但她看病的经验很多。她曾经接待过一位病患，是一名五岁的小女孩。女孩啼哭不止，经常发烧。祖母嫌弃她是女孩，不想出钱治病。那时孙洵刚刚成为郎中，没见过这种病例，于是就让女孩在医馆内住下，还垫付了药费。女孩一直吃药，可没有好转的迹象，有时会抓挠头部，依然经常发烧。

直到有一天，她亲自给孩子洗头，发现孩子的头上有些奇怪。原以为长了虱子，可仔细一看，发现女孩头上插了一根缝衣针。

想到这件事，孙洵吸了一口气，将手放到尸体头上摸了摸。在头部的中央，摸到了一处不易察觉的突起。她迅速拿灯过来，借助工具，将头皮切开一个小口。很快，她叫了出来。

“易厢泉，易厢泉！你进来看看这个！”

易厢泉闻声过来，见到孙洵取出的东西，吃了一惊。这是一根沾着血的长针，从死者的头部抽出来。针长四寸有余，而且非常粗，也非常尖利。

易厢泉很是震惊："用针能杀人？"

"曾经有老人嫌弃自己的儿媳生了女孩，就在女孩头上插了绣花针。女孩总是生病，但依然活着。但这根针不一样，这是武器。插的位置极其精准，这样才能毙命。动手的人不是普通人，一定是老练的杀手。而且，你看看这伤口，"她指了指另外三具尸体，"这三具尸体的死后伤，也是这样的针造成的。"

易厢泉沉默了。是谁做的？是不是那个叫无影的追踪者？无论如何，对方的武艺一定非常高强。

孙洵道："应该尽早跟燕以敖说，让他进行排查。这个内应，可能一直在附近潜伏，有可能很久之前就在。"

很久之前就在。

孙洵的话很重要。易厢泉冷静地想了想，把他们经历的事情一一理清。

他们第一次查探红都酒楼的时候，刚刚拿到字条，说要查气味，从大理寺出来，就遇到了假的药店伙计，说明这个内应已经掌握了他们的动态。但是，他们夜袭白马书院的时候，成功了，内应没有阻止。后来，这个内应杀了阿琴。在河流宫宴上，这个内应没有出现，导致肖统被捕。再后来，肖统越狱，又是内应所为。

这个内应很少动手，可一旦动手，就出手狠辣，而且不留痕迹。第一次犯案，可能是趁张鹏离开的时候，潜入大理寺杀了阿琴。第二次也是，明明是劫狱，却布置成肖统越狱的样子。这个人明显对大理寺人的动态非常熟悉，守卫的排班、离开的时间、牢房的构造……全都一清二楚，说明这个人并不是在他们附近远远地观察，而是在大理寺内部潜伏。这两次行动，明显都是为了掩盖身份。

掩盖身份。

易厢泉的心揪紧了。如果是陌生人，那倒还好，可这个人拼命掩盖身份，说明是他们认识的人。

是谁呢？万冲、燕以敖……还是大理寺普通的守卫？

这些事是今年冬天才发生的，那这个内应之前一直是潜伏状态，还是今年冬天他才来大理寺盯梢的？可是大理寺没有这样的新人。是门房小厮，还是他没有注意到的人？

有什么事是他没注意到的？

鸟鸣声。

易厢泉忽然想起了这个。夏乾曾经说过，在兰州火器营爆炸的时候，他也听到过鸟鸣声。

这个内应从兰州就开始跟着他们了。

易厢泉忽然明白了。

他知道是谁了。

第八章
现　形

驴车在潘楼街停了下来。夏乾背着柳凝下了车，走过繁华的街道。周围的小贩多了起来，大都不停地叫卖着。很快就要过年了，距离他们上次离开汴京城已过去了两年。这两年的时间并不长，却发生了许多事。两年前，汴京城也是这样热闹，下着雪，柳三还站在院墙外提着花灯等他。

“柳凝？”

柳凝没说话。她一直不说话。夏乾叹了口气：“走吧，我带你回金雀楼。”

夏乾背着她穿过街道，忽然看到很多百姓在金雀楼前排队。

夏乾看了一眼，想知道他们在排什么。

几名食客怕他插队，道：“队尾在西头呢，别从这里排呀！”

夏乾问道：“你们排在这儿头什么？”

“买金雀楼的包子！”食客打量了他一下，“你是外地来的？不知道金雀楼？”

夏乾惊呆了。他朝前望了一眼，队伍真是从金雀楼里延伸出来的。

食客道：“这家人手不够，每天就卖五百屉，我有一个月没吃上了！”

夏乾赶紧进门，就听到小二高声道：“大掌柜回来啦！”

厅堂里的人齐刷刷地看向夏乾。卖包子的大娘从后厨探出头来，见到他又惊又喜，刚要说话，就听见有顾客不满地道：“我的包子怎么还没上？”

“就来，就来！”包子大娘赶紧应和，又上前来拉住夏乾的手，“听说你去了兰州，我们还担心呢！如今平安回来，怎么一直都没过来？”

夏乾看了看喧闹的食客、排队的人群，感觉如在梦中一般。他和他们寒暄了几句，恍惚地在角落坐下。很快，账房先生拿来了账本。

当初夏乾走的时候，做甩手掌柜，为了省事，就要了一成利润。上次回来看账，赶上歇业，这是他第一次看到金雀楼营业的样子。如今看到账本，夏乾有些震惊——他没想到金雀楼能挣这么多钱。

小二端来了酒菜，夏乾尝了尝，味道特别好。

包子大娘高兴地把包子塞给他，道：“夏小公子，味道还可以吧？再尝尝这个！”

夏乾赶紧点头接过：“特别好吃。”

包子大娘很是感激地道：“要不是你当年帮了我们，我们哪里会过上今天的好日子，不仅置办了新宅子，阿金也要娶媳妇了。”

阿金是当年那个送冰块的劳工，正在旁边擦桌子。他抬头笑了笑。夏乾挠挠头。当初在雁城码头见面的时候，他可没想到会有今天。

包子大娘看了看柳凝："这孩子是谁呀？"

夏乾答道："朋友的孩子。"

包子大娘打量了柳凝一眼，却没有说话，眼神仿佛在说"这孩子有些奇怪"。

夏乾没有在意，给柳凝盛了饭菜，又问了账目情况。等三更之后，金雀楼也打烊了。伙计都是本地人，各自回了家。夏乾来到二楼，给柳凝找了个小房间住下。柳凝虽然不说话，却特别聪明，洗漱、吃饭都像成人一样。

柳凝坐在一边。夏乾正在铺床，道："你觉得金雀楼怎么样？是不是挺好？"

柳凝没说话。

夏乾道："不喜欢也没事，东西好吃就行。这儿还有包子，以后你就饿不着啦。"

柳凝委屈地看看夏乾。夏乾明白了，问："你还是想回大理寺？"

柳凝赶紧点头。

夏乾道："可那里不是咱们的家呀。再说，大理寺有什么好的？"

柳凝又要哭了。

夏乾忙道："明天！明天我就带你回去，行吗？"

柳凝笑了，点点头。

夏乾松了口气："快睡吧，明天咱们再去。"

柳凝没说话，躺在床上，自己盖上被子。

夏乾道："总是去大理寺也不是办法，以后我常带你去玩就是了。我有钱了，可以买个有院子的小房子，你自己一间房。你爹当年的书法特别棒，你喜欢画画，以后我请个先生来教你画画。长大了，你想嫁人，我就骗媒人，说你是我女儿，帮你介绍个好人家的贵公子；不想嫁人，一辈子画画也挺好。我多挣点钱，总归饿不着的。”

他说完，朝柳凝笑了笑，却发现柳凝的眼睛有些闪烁。

她好像哭了。

夏乾忙问道：“怎么啦？”

柳凝没有说话，翻了个身，把头侧过去了。

她还是不说话。夏乾叹了口气，把柳凝的鞋放好，却忽然一滞。

柳凝的鞋上有很多泥。这不应该啊。这几日，她根本没去过野外。夏乾虽然觉得有些不对劲，但也没说话，继续收拾。接着，他看到了一个小哨子。

“是你爹给你做的吗？”夏乾说完，吹了一下。

哨子发出一声清脆的鸟鸣声。

孙洵一愣：“柳凝？”

易厢泉点点头：“听起来很荒谬，但是……我曾经听说过这种病例，人虽然成年了，但一直是孩子的模样。我们在蓬莱的时候，以为小书生就是那个样子。”

孙洵神色一凝：“的确有这种病例。”

柳凝的确是个奇怪的孩子。她明明身体很健康，举手投足却很成熟，吃饭、睡觉都是自己，而且总是以各种理由跟着他们。

易厢泉道：“发现柳凝的时候，她一个人躲在地下的小空间里。那时候，柳三夫妇已经死了，所有人都默认这个女孩是柳三的女儿。她记忆受损，从不说话，猜测也许是受了刺激。一切都显得那么合情合理。在后来的几次行动中，她都跟在我们身边，一次又一次地暗中行动，除了在白马书院的时候——那时候她被带去了慕容家医馆。在汴河上开宫宴，柳凝也听了我们的计划，但不知道我和夏乾后续的行动，所以我们才能抓到肖统。”

易厢泉说完，两个人都觉得不寒而栗。无影，无影，连影子都看不到的追踪者。她骗过了狄震，骗过了易厢泉，骗过了大理寺的所有人。

问题很严重。孙洵道：“现在必须先去大理寺确认，但还有更重要的事——”

夏乾。易厢泉的脸色一沉。不管如何，他现在必须去一趟金雀楼，夏乾不能再和柳凝待在一起了。

清脆的鸟鸣声从哨子里传出来。

夏乾愣了一下，这声音他很熟悉，好像在兰州火器营爆炸的那天晚上，他也听到过，明明是冬天，却传来了鸟鸣声。

就在这个时候，他忽然侧眼看过去，发现柳凝正躺在床上，睁着眼睛看着他。

她的眼神很冷漠，不像柳三。柳三的眼睛里带着笑意和善意。

就在这时候，夏乾有了一个想法，一个奇异的、可怕的想法。

但这怎么可能呢？也许可能。他和易厢泉在蓬莱的时候，听过这样的例子。可是……

夏乾把哨子放下，道：“是你爹做的？挺好的。快睡吧。”

他把哨子轻轻放下了。

柳凝的目光移开了。她侧过身去，好像要睡觉。夏乾帮她把鞋放好，自己去了旁边的屋子，铺好床，躺下。

很快，周围安静了。

夏乾躺在床上，一动不动。他根本睡不着，回想起之前的种种，很多细而小的线索被一点点拼凑起来。柳凝从兰州一路跟他们回来，回来之后，她就一直跟着夏乾。夏家的床，她不愿意睡，却要吃住在大理寺。夏乾走到哪儿，她就跟到哪儿。

是怀疑错了吗？夏乾不知道。但他觉得，这件事宁可信其有，不可信其无。

夏乾打算，过一会儿就偷偷下楼去找易厢泉问问情况。他眯着眼翻了个身，忽然浑身僵住了。

柳凝正站在他的床前盯着他，一声不响。

夏乾的心一下子揪紧了。柳凝是什么时候来的？来了多久了？他不知道。但他不敢动，依然保持着原来的呼吸，一吸一呼，一吸一呼，佯装睡去。直到过了很久，柳凝才离开，慢慢出了门。

整个过程一点儿声音都没有。原来，柳凝走路没声音。

夏乾一动不敢动，直到他听到嘎吱两声门响，知道这是大门开启又关上的声音。

柳凝出去了。

夏乾陡然坐起来，这才发觉后背全是汗。

他蹑手蹑脚地走到窗前，偷偷往外看。月光下，柳凝穿戴整齐，以极快的速度跑到街角，消失不见了。

按照夏乾以往的习惯，他应该偷偷跟上。但这次真的不能这么做了。柳凝一定有问题，她比当年的杀手无面要可怕多了。如果跟着她，一旦被发现，后果不堪设想。

趁柳凝离开，夏乾决定现在就去大理寺，把情况说清楚。他轻手轻脚地下了楼。

月光照进窗户，周围还算明亮。一楼摆着很多桌椅，厨房门口堆着好几坛酒。夏乾借着月光走到门前，准备离开金雀楼。

门打不开。

夏乾又试了一次，还是打不开。

就在这时，他猛然回头，赫然发现柳凝正站在二楼的楼梯上，无声无息地，像鬼一样。

柳凝盯着他，目光冰冷而空洞。

她刚刚不是出去了吗？什么时候去的二楼？

夏乾僵住了，没有说话。柳凝也没说话。他们彼此对望着。在这静默的片刻，夏乾的脑子在飞速地旋转。他紧张地道："我有急事，要出去一下，你乖乖的——"

"夏乾哥哥，你不要我了吗？"

这是柳凝第一次说话。她站在楼梯上，居高临下地看着夏乾，眼睛黑洞洞的。她穿戴整齐，头发蓬乱，声音和孩子一样，可用的句子很短——她的汉语说得并不流利。

她的眼神很是可怕，那不是孩子的眼神，冷漠中带着一丝期待，又带着几分怨恨。

在这一刻，夏乾非常肯定，这个女孩不是柳凝。

她是那个叫无影的杀手。

夏乾紧张极了。他不知道该说什么，下意识地再次拉了一下门。

无影看着他，道：“门闩上了，从外面。窗户也是。”

听到这句话，夏乾汗毛竖起。而无影的手动了一下，从腰间拿出个亮闪闪的东西，像是武器。在这一瞬间，夏乾根本来不及看清她拿的是什么，而是迅速跑开躲到了角落。只听“咚”的一声，一个铁蛋似的东西擦着夏乾的肩膀飞过去了。它穿过木门，在门上留下一个可怕的孔洞。

是弹弓，威力很大。

夏乾勉强躲了过去，藏在了酒缸后面。紧接着，又是“啪”一声，无影射了第二个。这次，酒缸“咣”一声碎了。浓烈的酒香弥漫了屋子。夏乾的心跳得飞快。他躲在酒缸后面，只要无影再打几次，就一定会打到他身上。

这里是金雀楼最暗的角落，月光照不到。他不知道自己还能躲多久。

弹弓的声音没了，取而代之的是三声燧石的摩擦声——无影在点灯。

夏乾心里一凉。只要足够亮，她一定能把他找到。若一直躲着，根本不是办法。

但无影要点灯，就没办法拿弹弓了。

夏乾轻轻脱掉外衣，从地上摸到了刚才的弹丸，就在柳凝点亮灯的一瞬间，抬手将弹丸丢了过去。柳凝闪了一下，避开了。趁着这个空当，夏乾将外衣浸入酒缸，又朝柳凝掷去。她又想躲过去。可沾了烈酒的衣服遇到火焰，瞬间就燃了。柳凝叫了一声，立马被大火包围。夏乾立即撞开后窗，跃身跳了出去——窗户后面是汴河。

他整个人掉入了汴河里。

“金雀楼着火了！”

四周吵嚷起来。半夜三更，附近的老百姓披着衣服出来帮忙救火。很快，官府的人赶到了。

夏乾昏迷了很久。他觉得特别冷。迷迷糊糊地，他听到周围声音很是嘈杂，人们的吵嚷声、走路声、说话声，还有……

“夏乾？夏乾？”

是易厢泉的声音。夏乾慢慢睁开眼，发现自己正半躺在驴车里，身上裹着厚厚的衣物。易厢泉急忙问道：“你怎么样？哪里不舒服？”

夏乾刚要说话，咳嗽了几声。

易厢泉道：“你水性不错。但毕竟是冬天，咱们现在去大理寺，那里也有郎中，给你看看，再喝一些药。”

夏乾有些晕眩：“刚才怎么回事？我……”

他想了一会儿，转过身，把车帘掀起，看到潘楼街那里升起的浓烟——金雀楼被烧了。他有些心疼，却又觉得有些可怕。他看向易厢泉：“柳凝！柳凝不是个孩子——”

易厢泉表情严肃：“她是无影，是西夏的探子。孙洵告诉了我验尸结果，我立马就去找你，还好到得及时。”

夏乾急道：“她在哪儿？被捕了吗？”

易厢泉摇头：“现在还不能确定。官兵已经到了，也许能抓到她。现在想想，真是可怕，咱们之前遇到那么多的事，全是无影的缘故。咱们能阻止几次暗杀，也是因为无影恰巧不在我们跟前，没有听到我们的计划。”

夏乾叹了口气，真是太大意了。无影跟着他们这么久，却没有被发现，他也有责任。

易厢泉明白他的心思："这不是你的错。我们所有人都没能发现。狄震没有发现她不对劲，我也没有。大理寺的所有官员也都没注意到她的存在——谁能想到，西夏奸细，会是小女孩的样子？谁能想到，她替代了柳凝呢？谁能想到，她偷听了那么多秘密而不被发现？"

夏乾喃喃道："可真正的柳凝在哪儿呢？"

易厢泉道："真正的柳凝也许还活着。我会给狄震写信，让他帮忙留意。夏乾，咱们先去一趟大理寺，无影的事非同小可，必须告知燕以敖。"

冬天的河水很冷，夏乾连打了几个喷嚏，还是有些蒙。

大理寺很快就到了。易厢泉立即进去，值班的人不多。万冲见了他们，急忙问道："怎么回事？听说金雀楼失火了。"

夏乾讲了刚才发生的事，万冲吃了一惊，觉得脊背有些发凉："她应该是受伤逃跑了。我现在就下拘捕令。虽然全城戒严，但这个人身形小，武艺极高，不一定能抓得住。"

易厢泉看向夏乾："你能从她手底下活下来，已经是万幸了。"

夏乾在这一瞬间有些茫然。他垂下头去。无影武功很高，有很多次机会可以直接杀了他，可她没有。也许，她过去的生活非常糟糕，只有夏乾给过她一点温暖。

夏乾还在发呆，易厢泉眉头一皱，道："你可不要同情她，她可是从兰州就跟着你了，火器营的爆炸直接导致了夏至的死亡。"

易厢泉一说完，夏乾立马就清醒了。易厢泉看向万冲，道："燕以敖呢？"

万冲道："在开封府开会，还没回来。对西夏的军令刚刚发出去，他们还要讨论后面的计划。"

易厢泉急道："现在必须把无影的事告诉他，让他们停止调动军队。军队不能前往兰州和会州，应该留在原地。"

夏乾和万冲都是一愣。夏乾明白了："无影从兰州开始，就一直跟着我们，她知道我们全部的计划！"

易厢泉点头："从今年冬天开始，白景询布置了大量暗杀和破坏事件，让我们应接不暇。同时，他不停地误导我们，先是炸毁兰州火器营，让我们把军队调往兰州，之后发出佯装攻打兰州的消息。就在我们怀疑的时候，又出现了转机，张鹏拿到了会州的地图碎片，我们在采石场又找到了会州的战略部署图，所以，我认为白景询是在声东击西，让我们以为他们进攻的是会州。但实际上并非如此。无影一直跟在我们身边，她是白景询的眼睛，我们的每一个猜测，白景询都知道。"

万冲和夏乾的脸色微变。

易厢泉继续道："打听战略部署图，探听军队行进路线和人数，最方便，也是最安全的选择，是在边陲驻军处打听，而不是千里迢迢来汴京城刺探。因为情报和朝廷的军令始终是要快马传书送到边境驻军的，皇城刺探军情很容易被抓。而张鹏手里的碎片、采石场来不及销毁的书信，都是他故意做给我们看的。"

夏乾问道："那白景询会不会猜到，你现在猜到了他的想法？"

易厢泉摇头："整件事最大的破绽就是无影。而无影被发现是刚才的事，白景询来不及误导我们。"

万冲明白了事情的重要性："那他们的目的是……"

易厢泉继续道："咱们的六万大军从何而来？"

万冲答道："银川寨。"

易厢泉问道："今夜之后，银川寨还剩多少人？"

万冲答道："不足一万。"

万冲说完，三人都心里一惊。这确实非常可怕。如果白景询的目标真的是银川寨，那西夏人二次攻打银川寨，大宋一定守不住。若银川寨成为突破口，西夏大军将直取大宋腹地，到那时候，大宋的江山岌岌可危。

易厢泉沉默了一下，道："我并不擅长兵法，但我觉得现在最好的办法是，所有军队都按兵不动。银川寨的兵不能调离，但可以放出假消息，让西夏人认为我们把军队调去了会州。这样，如果西夏人真的要攻打会州，得知驻军已经抵达，他们便不敢贸然进攻；如果他们真的要攻打银川寨，那咱们的驻军也没有离开。"

夏乾点头："明修栈道，暗度陈仓。"

易厢泉道："更准确地讲，是在会州唱空城计。但我的想法比较浅薄，那些经常在前线作战的将军肯定有更好的判断。"

夏乾道："对，当务之急是把事情的真相尽快报告上去。"

但万冲有些为难。

夏乾问道："怎么啦？"

万冲答道："这次兵力调遣，是由兵部和前线将军共同决定，参照的是我们头儿这几日找到的证据和探子的口供。如果没有切实证据，证明攻打地点在银川寨，那兵部的人是不会把银川寨列为重要地点的。"

夏乾道："我们就是人证。"

"无影还没有抓到。"万冲无奈道，"无影装成柳凝的事太过离奇，而且其他的事也是推断，就怕那些上级军官将领根本不信。而调兵遣将的事，连我们头儿都没有话语权。”

易厢泉和夏乾的脸色一下子变得很难看。这一点是他们没想到的。查到最后，在最关键、最重要的问题上，他们竟然无能为力。这也可能是白景询故意为之。即便易厢泉查到了真相，他也只是一介草民，没有办法干涉朝政和军权。

易厢泉对万冲道：“你现在带我去见开封府尹和兵部尚书，我会把事情一五一十地跟他们说清楚。信与不信，让他们自行判断。”

他这是打算直接去。夏乾急道：“来得及吗？他们听完所有事，再讨论，再决定……只怕又要过去几日了。”

易厢泉道：“可这是唯一的办法了。”

万冲在屋内踱步。终于，他似乎做出了决定，对易厢泉道：“你把入冬以来的事都写下来，还有你刚才的分析，我负责上交。”

夏乾道：“会不会当面说比较好？”

万冲道：“先写，写两份。”

易厢泉点头，立即提笔开始书写。

易厢泉很快写好，万冲立即收好，跑了出去。

之后，整整一天，他们没有听到任何消息。易厢泉和夏乾就一直在大理寺等着。可万冲、燕以敖，全都没有露面。又过了一天，晚上，前线传来消息，西夏人攻打了银川寨。

第九章

垂拱殿的人们

收到战况的时候，是半夜三更。易厢泉和夏乾急忙点了灯，来到厅堂听情况。大理寺值班的官员都集中在一起。传令的人只是说，西夏人开始进攻，但并没有说具体情况。直到天色大亮，万冲突然回来了，大理寺一众人等连忙上前去问。

“怎么样？怎么样？”

“赢了吗？”

“城守住了吗？”

万冲道：“暂时守住了。西夏人子时攻打银川寨。但他们没想到宋军的四万大军及时撤回，还在银川寨驻扎。西夏五万大军对我方四万大队，银川寨易守难攻，西夏人没有优势。”

大理寺内的人都舒了口气。易厢泉连忙问道：“还在持续？”

万冲点头：“西夏人还在攻打，几天之后才能见分晓。”

还要几天。大家听到这话，又开始恐慌了。几天过后，会不会出什么意外呢？

万冲安慰道："不要担心。大宋没有撤军，这次胜算很大，西夏人是赢不了的。"

夏乾瘫在椅子上："想想都后怕！万一把军队调走，边疆门户大开，那可怎么办呢？"

易厢泉道："还好没有撤军，白景询的阴谋也没有得逞。"

万冲点点头："我回来，就是要告诉你们这个重要消息。西夏大军发现银川寨的宋军没有撤离，西夏太后震怒，白景询这次失误，可能会丢掉官职。"

易厢泉舒了口气："希望如此。"

夏乾咧嘴道："总之，还好执行了正确的军令。厢泉，那些大臣居然听了你的建议。这次多亏了万冲，把你写的书信递了上去。"

厅堂里的人还在开心地笑，万冲的脸色却严肃起来。他招了招手，让易厢泉到旁边的小屋。

易厢泉跟了过去，夏乾也跟了过去，问道："怎么回事呀？"

万冲看着易厢泉，道："我把你的书信，一份交给了兵部尚书，另一份想办法呈给了皇上。"

他说完，易厢泉和夏乾都是一怔。他们怎么也没想到是这样的。

夏乾问道："把军队撤回银川寨，是皇上的主意？"

万冲点点头："皇上力排众议，决定把军队回撤，这才保住了银川寨。"

易厢泉和夏乾对视一眼。难怪，军令下达得如此之快，如此果断，这是大宋权力最大的人下的命令。

夏乾疑惑地看了万冲一眼："可是你怎么——"

万冲没有直接回答，而是看向易厢泉，道："皇上要见你，让你把整件事情的来龙去脉说清楚。对于西夏探子的事，皇上很重视。他的原话是，'要把探子全部抓出来，汴京城必须干干净净'。"

面圣。

易厢泉和夏乾愣了一下，在这一瞬间都没说话。面圣，他们曾经想过，也讨论过这件事。如果有机会，易厢泉可以把白景询做的所有事都说出来。但又觉得，皇上怎么会见一介草民呢？

夏乾问道："皇上只见燕以敖不行吗？"

万冲道："我们燕头儿也去。他已经上奏了，但皇上亲口说的，要见易厢泉。"

易厢泉问道："那……所有事都要说吗？"

万冲点头："是的。从邵雍夫妇遇害开始，所有事都要说。"

易厢泉微微蹙眉。这一天真的来了，来得这么快，这么突然，令他措手不及。

夏乾看了看易厢泉。易厢泉深吸一口气，道："我知道了。什么时候去？"

万冲道："你准备一下，一会儿就跟我走。燕头儿就在宫里，皇上用完午膳，会专门听这件事。"

夏乾立即看向易厢泉："真的行吗？"

易厢泉点点头："放心，我早就做好了准备。"他从怀里掏出一本册子，不知道是什么时候写的，像是陈情书。

夏乾还是很担心。但易厢泉没有再说话，而是迅速去旁边认真地洗了脸，又把新长出来的胡茬弄得干净了些。

夏乾道：“宫里不比宫外，你言辞上一定要谨慎呀。”

夏乾居然还提醒易厢泉谨慎。易厢泉笑了，认真点了点头：“我会小心的。”

他冲他挥了挥手，就出门坐上了驴车。驴车一点点前行，朝皇宫的方向驶去。

太阳高悬，路上小贩匆匆地走着，小餐馆的烟囱冒着热气。易厢泉掀开车帘，就这样看了一路，直到路越来越笔直，越来越平整——他们来到了御街。远处，出现了宣德楼的大门。

这是大宋的宫门。它矗立在汴京城的中心，巍峨无比，是汴京城的骄傲，大宋朝廷的尊严。

易厢泉看着宣德楼，心中忽然有些感慨。这一天，这一刻，他幻想过无数次，他是怎样查到真凶的，怎样亲手将他的罪证呈送给皇上。他手中的陈情书，白纸黑字记录了那么多的事，他的父母、他的师父和师母、枉死的吴大人和他的女儿、青衣奇盗……

还有他的六年。

从决定追查真凶的那刻开始，他易厢泉无视名利，也绝不惧怕困难，更不曾向罪恶低头，从庸城到西域，走过了那么多地方，线索被一点一点地挖出来，真相被他一点一点地拼凑起来，白景询的所作所为也逐渐浮出水面。

易厢泉拿出自己手写的陈情书，翻了翻。他的字严正工整，整个叙述格外平淡，就像在讲别人的事。

他看着那些字，怔了一会儿。他恨白景询吗？恨，一直都恨。每当午夜梦回，他想起洛阳的家，想起师父和师母的脸，他都会恨白景询。但这种恨意是平静的。他走了这么多的路，知道恨白景询的不止他一个人，还有很多因他枉死的人。

易厢泉合上陈情书，呼出一口气。就在此时，驴车已经停在了东华门。他们经过了严格的检查，易厢泉放下了身上带的所有兵器，包括家传的佩剑。接着，他们又被问了许多问题。问他们的的人穿着盔甲，盔甲上文着梅花。等了许久，二人才出来。

易厢泉问道："刚才问话的是士兵？"

燕以敖答道："是皇城司的人。他们是皇上的亲信，汴京城的眼睛。"

易厢泉有些茫然。燕以敖道："这些事不用管，一会儿进去，不要紧张，问什么答什么就好。"

易厢泉点点头。

燕以敖低声道："宫内不比宫外，党派纷争很是厉害，很多局势我也看不清。如果朝堂上有人斗起嘴来，咱们尽量不要插话。"

易厢泉一直都很平静，也不惧怕。但燕以敖这番话说完，他才隐隐有些不安。之前，他简单地以为，只见皇上一个人，如今看来，垂拱殿里还有其他臣子在。

他们等了许久，一个姓李的宦官出来。他大概四十岁，步履轻快，举手投足带着贵气，显然不是普通宦官。见了易厢泉，他悄无声息地打量了他一下，笑着介绍了自己的名字，李成，之后，便带着他们往里走。

易厢泉一直低着头，眼角余光看到西华门和东华门前，有不少人，有朝臣、宫人，还有工匠。皇宫后苑似乎正在修缮，来来往往的宫人特别多。但易厢泉不敢东张西望，只是跟着李成穿过宫门，来到垂拱殿门口。

李成道："请二位在此稍后。"说完，他便进去了。

易厢泉站在这里，觉得自己的心跳比平时快了一些。

很快，他就能见到大宋的皇帝了。

而此时，夏乾正在大理寺内走来走去。不知为什么，他总是惴惴不安。万冲本在一旁看案卷，见他这样，便道："要不你出去溜达溜达。"

夏乾坐在一边："我还是等消息吧。"

万冲眼睛都没抬："一时半会儿回不来。"

他嫌夏乾碍事。夏乾叹了口气，只得出门去。他打算去驿站，写信让人打探打探，真正的柳凝是否安好。

当他路过一所民居，看到门前有一群孩子在踢毽子，还有一个孩子坐在门口发呆。夏乾匆匆扫了一眼，突然停下了脚步。

那个发呆的孩子有些眼熟，是那天被肖统挟持、关进箱子的孩子。

孩子看不出年纪，瘦瘦小小的，眼神有些忧郁。

见夏乾打量自己，孩子抬头问道："你也是官府的人吗？"

"啊……我是。"夏乾挠了挠头，对孩子笑了一下，"你好些了吗？没有吓坏吧？"

孩子摇摇头，目光依然有些忧郁。

夏乾安慰道："不要害怕，坏人都死了，以后不会再出现这样的事了。"

小孩道："坏人没死。"

夏乾一愣。

小孩道："那个人叫肖统对吧，他没死。"

夏乾一愣："不要开玩笑。"

小孩认真道："我只是看着年纪小，其实我已经十岁了。"

夏乾立即蹲下："你说肖统没死，你怎么知道？"

小孩道："我在箱子里的时候就醒了，他们俩说话，我都听见了。那个叫易厢泉的哥哥让肖统装死，之后送他出城，还说，这是个秘密。"

夏乾愣住了。孩子的说法并不令他意外，反而证实了他之前的猜想。但是，今日在街上偶遇，纯属巧合，这孩子居然随意地把秘密告诉了陌生人。夏乾赶紧道："这些事还有谁知道？你爹娘、你的小伙伴……他们知道吗？"

小孩道："他们没问，他们都不知道。"

夏乾松了口气，又紧张道："这些事千万不要对任何人说，听见没有？"

小孩赶紧点点头，捂住了嘴。

夏乾问道："除了我，你没有对别人说过吧？那就好。"

小孩犹豫了一下："昨天有官府的人来问过。"

夏乾问道："是穿着官服的人吗？"

小孩摇头："不是。那人坐在轿子里，让我进了轿子，然后他问了我几句话。"

夏乾问道："是什么样的人？"

小孩抬起头回忆了一下："男人，年纪好像比你大，说话文绉绉的，像……像个教书先生。对了，他好像腿不好，旁边有一副拐杖。"

听到这里，夏乾的脸色瞬间变了。他知道是谁了。

白景询。

白景询知道肖统没死。

而且，他就在汴京城。

太阳越升越高，到了中午。

易厢泉和燕以敖在垂拱殿外站了许久，终于，李大人出来了。他通传，皇上让易厢泉和燕以敖进殿。

燕以敖问道："都有哪几位大人在？"

李成道："王大人、邢大人、蔡大人……"

燕以敖问道："哪位蔡大人？"

李成道："两位蔡大人都在。"

燕以敖点了点头。而易厢泉只听到姓氏，并不知道他们都是谁。燕以敖悄声道："王珪、邢恕、蔡确和蔡京。"

易厢泉思索了一下。这几人是有名的朝臣，虽然他对朝中的事不了解，但也有所耳闻。就在此时，李成示意他们可以进去了。

二人进了垂拱殿。垂拱殿很阔大，也很安静。里面，就是他们想象中皇宫的样子，而比殿内陈设更引人注目的，是殿内的人。最先映入眼帘的是四位朝臣，有的年纪大一些，有的年轻一些。

第一位是宰相王珪。他已经六十余岁，却站如松柏，眉宇间尽是威严神色。旁边站着的是蔡确，比王珪年轻，但气势不小，手持劄子，显得格外精干。在蔡确旁边站着的是邢恕。他要胖一些，是四位朝臣里姿态最低的一个。最后一个最为年轻，大概三十岁，站在靠门的位置，却昂首挺胸，仪表堂堂。他是开封府尹蔡京。

而在垂拱殿的中间，坐着一个男人。男人不到四十岁，却瘦得吓人，在殿外就能听见他的咳嗽声。他正低头翻阅劄子，听到他们进来，抬起头，这才让人注意到他的眼睛——目光炯炯，格外有神，是非常睿智的眼睛。

这便是大宋的皇帝了。

易厢泉原本是不紧张的，但此刻，他觉得自己的心跳更快了。垂拱殿里的这几位，能在大宋呼风唤雨，而他身为一个普通百姓，似乎来到了不该来的地方。

殿内很安静。李成低声通报之后，皇上点了点头。燕以敖上前的时候，几名朝臣都没有抬头。易厢泉跟着进来的时候，这些朝臣则微微侧目。最先回头的人是邢恕。他看了易厢泉一眼，又看了蔡确一眼，好像在问“这个人是谁”。

蔡确依然威严，但眼中有些茫然。站在最末的蔡京却最是镇定，目光一直随着易厢泉，直到易厢泉跪下行礼。

皇上咳嗽了几声，李成给他披上了毯子，却被他推掉了。他对转头看向旁边的四人道：“先听听他们的事。”

四位朝臣都不说话，知道这是大事。

燕以敖没有说话，将这几日的情况呈送给了皇上。皇帝翻着看了看，问道：“找到幕后人了吗？”

燕以敖答道：“还没有，正在审，已有了一些线索。此人有陈情书要呈上。”

他看了看易厢泉。皇上点点头，把手里的东西放到一边，对易厢泉道：“呈上来。”

皇上的要求简单而直接。易厢泉没有说话，直接递了上去，是厚厚的一沓，用工整的柳字书写，还做了详细的目录。

皇上有些惊讶。这也太厚了，绝对不是临时写的。他一点点看着。册子里写了大大小小的事件，按时间线串联起来，并把当事人和影响写得一清二楚。

皇上没有说话，一页一页地看着，从震惊转为愤怒。而他的愤怒是不动声色的，只是攥着纸张的手更用力了一些。平日里常与皇上谈话的老臣们已经察觉出不对，再次转身看了看易厢泉。

王珪看了看易厢泉，意思是让他当场说说。

易厢泉这才意识到，只有皇上在看，其他几位朝臣并不知道发生了什么，于是躬身道：“罪人名叫白景询，身世、背景不详。”

蔡确抬眼看了看他。易厢泉捕捉到了怀疑的目光，这才明白，对方是想知道自己的名字。他道：“草民易厢泉，是邵雍的徒弟。”

他一说邵雍，几位大臣都心领神会。他们知道邵雍是谁，也知道当年邵雍杀妻的案子。后来案子因为郑京烟的落网而水落石出，邵雍已经得到了平反。但这件事前前后后隔了很多年，不是一朝一夕能办成的。他们再看看眼前的年轻人，更觉得事情不简单了。

尤其是蔡京。他不动声色，眼睛一直盯着地面，但其实一直在思考。事关重大，没人能看到陈情书上写着什么，更没有人能摸透皇上的心思，所以四个人都没说话。

易厢泉理了理思路，决定从一开始讲起：“熙宁十年，我的师母温宁死于洛阳家中，师父邵雍手持凶刃，倒在一侧，之后师父被洛阳知府郑京烟羁押，自尽于牢内。元丰元年，我从西域回到洛阳才得知此事。我深知师父品性，他绝对不会杀妻再自尽，从那时起我便决定开始追查。”

四名大臣都愣了一下，彼此交换了一个眼神。蔡确惊愕道：“到今年，已经六年了，你一直在查？”

“是，一直在查。”

“你今年多大年纪？”

“二十五岁。”

易厢泉说出他的年龄时，群臣寂静。这种寂静中，包含了各种复杂的情绪，有轻蔑，有疑惑，也有不安。只有皇上抬头看了看这个年轻人，示意他说下去。

“我在元丰元年回到洛阳时，距离杀人案已经过去一年。我在洛阳查，却一无所获，只知道家传的黑玉扳指丢了。元丰三年，我来到京城，打算托人查卷宗资料，却听说了青衣奇盗的事。黑玉扳指是他的赃物之一。追查了一年之后，也就是元丰四年，青衣奇盗前往庸城偷盗犀骨筷，我揭了皇榜，去扬州庸城抓捕青衣奇盗。元丰五年，我抓到了青衣奇盗成员之一鹅黄，同年，接受了吴冲卿大人的委托。他说，一直有人惑乱朝纲，掌握朝中大臣的往来书信。吴大人想细查，却遭到威胁，女儿也被杀害。”

听到这里，四位大臣都有所动容。吴冲卿曾与他们同朝为官，这些事他们也有所耳闻。而蔡京只是垂下头去。易厢泉看了看他，依稀记得，吴大人截获的书信中有蔡京私吞银两的事。

邢恕想了想，问道："我记得当时已经查过，吴大人是遭辽人刺杀。"

易厢泉答道："吴大人在我眼前被利箭刺中了心口，不治而亡。箭是辽人所制，但并非辽人所杀，一切皆为白景询所为。"

邢恕问道："可有证据？"

易厢泉答道："有一些。"

蔡京站在一边没说话，但眼神动了动。邢恕眉头一皱："有就是有，没有便是没有。如果有证据，为何不呈上？"

证据在舒国公主手中，但不是很充分。就在易厢泉犹豫的时候，燕以敖插话了："具体证据，事后会由大理寺详查，再一一呈上。"

蔡确在一旁听出了问题："吴大人的事和青衣奇盗有关？"

"是。"易厢泉点点头，"这也是我即将要讲述的。我们在西域和青衣奇盗起了冲突，他们开启了西域地宫大门，取走了长生不老药。说是长生不老药，可谁也不清楚药效。而白景询与青衣奇盗都想铤而走险，拿到药试一试。"

他讲以前的事情时，几位大臣还听得很认真，而讲到"长生不老药"时，则都有些不屑。虽然他们没说话，但表情很明显——这分明是无稽之谈。

"这件事，朕知道。"皇上忽然说了一句。

众人大惊，连易厢泉都没想到。皇上慢慢道："你的陈情书也写了一句，长生不老药是前朝刘太后委托太医王林所制。这件事朝臣虽然不知，但朕有耳闻，而且朕也……动心过。"

他咳嗽了几声，坦然地承认了。

王珪眉头一皱，上前一步：“圣上，求仙问药的事可使不得。”

几名大臣开始集体劝说。皇上摇摇头：“年轻时，朕是不信的，可当身体抱恙，想法自然会变。众卿放心，朕不会沉溺此道。生死有命，富贵在天，于百姓如此，于朕亦是如此。”

蔡确急忙劝道：“皇上正当壮年，怎会——”

“众卿家今日来此，不就是商量立储的事吗？”皇上微微一笑，脸上有些嘲讽的意味，不知是在嘲笑众臣表里不一，还是在笑自己。

大臣没有人接话。皇上的性格一向如此，说话、做事不喜欢拖泥带水。此时，殿内陷入了尴尬的沉默。易厢泉不知自己要不要继续说下去，再说下去，就要讲到郑京烟贪钱的事了。李成使了个眼色，让他安静。

于是，易厢泉没有再开口。皇上快速看完了后面的内容，把陈情书放在一边，道：“众卿家也看看。”

李成把易厢泉的陈情书拿了下去，四位大臣一一过目。在这段时间内，垂拱殿内只有纸张翻动的声音。所有人都看过之后，却没人率先说话。众人神情各异。李成又给易厢泉递了个眼色，让他谨言慎行。

站在一旁的易厢泉明白，在这个地方，面对这样一群人，每一句话、每一个眼神都有深意，如果能不讲话，就不要讲。

殿内安静了一会儿，皇上也没问话。而王珪最为位高权重，只得先表态：“臣认为事关重大，需要再查。可以委任一位专门负责此事的官员，将对方一网打尽。”

“臣附议。”蔡确上前拱手道，“臣愿领命，一有消息便立即呈上。”

燕以敖明显不同意。虽然他官职不高，但还是直说道："大理寺行事一向独立，此事又急，若是过程烦琐，说不定会给贼人可乘之机。各位大人日理万机，恐怕很难顾及细节。"

燕以敖一向直来直去，但他说到了点上。大宋官僚机构冗杂，如果专门设立部门和官员负责此事，效率更低。

蔡确又道："言之有理。但燕大人刚刚上任，可能不通晓其中利害。此案横跨数年，涉及人数又多，恐怕不是一时能查得清的。大理寺主审最好，但仍需其他官员协助。"

他把权限给大理寺，燕以敖没有反驳。皇上看了看众人，又看了一眼蔡京："便交由开封府尹协助审理吧。"

蔡京上前一步，领了命。

燕以敖这时候才明白，蔡确一开始就想把这事交给蔡京，就像踢蹴鞠，传来传去，自己也踢了一脚，最后还是踢进了对方的门。

皇上道："画像有吗？"

燕以敖掏出画像，呈给李成。

皇上摆摆手，表示没必要看："贴出去，这几日尽快把人找到。"

皇上的意思很明白，再过几日，西夏军一旦战败，在汴京城的探子就会撤退，到那时候再抓人，显然晚了，所以，这几日就要进行抓捕，尤其是白景询。

几人应了。就在此时，李成站在一侧，看着手里的画像，犹豫了一下，上前一步："皇上……"

皇上挑了挑眉。

"画像上这个人……奴才见过。"

“什么？”

“奴才见过。”

众人大惊。

李成道：“他姓白，这几日都在宫里，在龙图阁整理书册，过几日会给皇子讲学。”

第十章
白景询

这几日都在宫里。

听到这句话，众人脸色微变。皇上也很震惊，让李成再把话重复一遍。李成道：“我只跟他打了个照面，唤其白先生。他号青岩居士，奴才并不知晓其姓名。这位白先生曾经做过先帝的伴读，被封了龙图阁学士，又有先帝和太皇太后的遗旨，可以随时进宫陪皇子读书。前一阵儿有人举荐，经皇后同意，他入了宫，这些日子一直在图龙阁整理教书的典籍。”

皇上眉头一皱：“谁举荐的？”

李成想了想：“半年前就举荐了，是嵩山少林寺的住持，过去他们经常一起讨论佛法。”

皇上问道：“这个姓白的人现在还在宫里？”

李成回话：“在。”

皇上道："现在把他叫过来。"

在接下来的时间里，垂拱殿里的所有人都沉默了。易厢泉和燕以敖格外震惊，他们没想到，找了这么久的人，竟然躲在皇宫里。现在究竟是什么情况，他们也不清楚。而垂拱殿内的四位大臣更不清楚。但他们知道，弄不清形势的时候，沉默便是最好的选择。

皇上再次低头翻起易厢泉的陈情书，整个殿内只有纸张翻动的声音。

很快，人到了。李成通传，皇上点头之后，那人便进了垂拱殿。

下意识地，易厢泉朝门口看去。

这个男人不到四十岁，因为瘦削，看起来更年轻一些，衣着素净整洁，拄着拐杖，却能看出身量颇高，即便站在垂拱殿前，也没有畏惧姿态，反而抬起头，像是回家一样。他的腿脚不灵便，但是走得很沉稳，举手投足颇具贵气，看起来像是个年轻的风流人物，怎么也不像坏人。

他一步步上前，目不斜视，直到走到易厢泉身旁，才停下脚步。

看着他的侧脸，易厢泉更笃定了——他见过他，就是当年仙鱼苑里的教书先生。

就是他，白景询。

易厢泉今日的心情相对比较平静，即便是刚来垂拱殿的时候，也只是略有紧张，可当他看到白景询的那一刻，他脑中忽然"嗡"了一下。他想起了太多的事，这些事都是很小、很小的事，师父的鱼篓、师母的手札、拓跋海夫妇的小屋、吴家小姐的歌谣、吴冲卿大人临死前的眼神、仙鱼苑小书生的药瓶、洛阳河里捞起的白银、工部尚书小儿子哭肿的眼睛……

这么多的事，这么多的人，悲剧一个接着一个，可罪魁祸首竟然就站在这里——他竟然在宫里教书。

燕以敖拉了他一下，示意他冷静。易厢泉这才发觉自己刚才已经转过头去，直勾勾地盯着白景询。

可白景询没有看他，而是认真行了礼。

皇上没有说什么，而是不动声色地打量他。李成明白了皇上的意思，上前一步问道："不知先生名姓？"

"在下白景询。"

他答得不卑不亢。提及这个名字，易厢泉的眼睛闪动了一下。而垂拱殿内其他几人都吸了一口凉气，彼此交换了一个眼神。

皇上没有回答，只是道："把这个拿给他看看。"

李成递给了他。白景询接过陈情书，一页一页地翻动着，摇头叹道："这些事非我所为。"

垂拱殿内又静默了。皇上挑了挑眉，似乎知道他会这么说，于是给了李成一个眼神。李成会意，上前问道："敢问先生何方人士？师从何人？为何有前朝太后的手谕？"

白景询深吸一口气，道："我于庆历四年出生于汴京城。关于身世……涉及前朝旧事，不便在此言明。"

皇上点了点头。李成会意，于是道："天子面前，直说无妨。"

"我生于汴京城外的千岁山福仙洞。那里被汴京人称为水中仙岛，普通船只不可去，但我的父母在那里相遇。微臣的父亲是无名之辈，母亲名为赵澜，真宗帝赐名为长青，世人称其为长青王爷。"

几名朝臣听了很是震惊。邢恕直接道："皇上，此事太过惊世骇俗，实在是——"

皇上的脸色有些微白，咳嗽了几声。李成上前一步，忙问道：“皇上，您可还好？要不要先去休息？”

“不用，朕要听他讲。李成，把垂拱殿的门关上。”皇上眉头紧锁，转向白景询，“你继续说。”

垂拱殿的大门关紧了，霎时间殿内变暗了不少，所有人默不作声。尤其是四位朝臣，他们心里都有些害怕听到不该听的内容。

白景询面不改色：“我的母亲在皇宫出生，是真宗帝与刘皇后的女儿，因其身份特殊被寄养于宫外，长大成人后回到宫中。可她对生活并不满意，于是在十六岁那年，偷取了太医王林所制的长生不老药，从宫中逃离，又乘冰舟前往千岁山福仙洞，在那里与我的父亲一同生活。庆历四年，我在仙岛出生。庆历八年，我母亲在仙岛病逝。我发了高烧，父亲决定外出寻医，于是背着我出了岛。”

他说完这些话，在场没有人说话。长青王爷的故事实在是有些可怕，既违背祖训，又大逆不道，而且其中问题很多。但此时，殿内没人敢问。此时，燕以敖却上前一步，第一次发问：“你之前说过有长生不老药，若那东西真的有效，你母亲为何不喝下？”

“母亲不信这东西。她是因为和刘皇后赌气，才偷出来的，在登岛前将其丢在雁城码头的水中了。”

燕以敖又问道：“你说长青王爷是女子……”

白景询点头：“是的，易公子也知道。”

燕以敖惊讶地转头。不仅如此，所有人都齐刷刷地看向易厢泉。易厢泉没有说话，也没有点头。他从没和燕以敖说过这件事，导致二人知道的信息并不对等。

白景询又道："我父亲带我出岛，却发现官兵在码头盯梢，于是，他带着我仓皇而逃。结果父亲被捕，我被带入宫中。从那以后，我再也没有见过我的父亲。那时候，我的外祖母已经过世，但留下了遗诏，希望找到我和我的母亲。在我入宫之后，曹皇后对我极好，让我在宫中做了皇子伴读。

"后来，我渐渐长大，宫中有风言风语传出来，我慢慢知晓了自己的身世，于是和先皇请愿，希望出宫。先皇应允了，并给了我不少银两。这些旧事，记录在他所诵读的《三字经》最后一页。"

"朕看过，父皇把书留给了朕。"皇上的语气平和，但眼神有些感伤。

白景询低头道："我所言之事皆可查证，天子面前，我绝无半句虚言。"

群臣这才明白，为何白景询可以入宫给皇子讲学。白景询这么一说，燕以敖没法质问。他看向易厢泉，想求证，而易厢泉没有反驳。

他没法反驳。关于身世，白景询说的全是实情，但是他隐瞒了几点，最重要的就是白景询父亲的身份。他父亲名叫李元明，不是籍籍无名之人，而是西夏开国皇帝李元昊的兄弟。李元明去仙岛，原是要拜访前朝军事家梁川的，所以，白景询的身世更为复杂——他是西夏皇子和大宋公主的孩子。

易厢泉没有接话，而是静静地听着，因为到此，白景询的实话已经全部说完了。

众人沉默之际，白景询继续道："我与先皇在宫中相伴，他知晓我云游四方的愿望，于是对我许诺，若日后有了机会，便允许我出宫游历，待学成归来，可以进宫讲学，或在京城书院任教。在先皇被立为太子那年，我离开了皇宫。几年前，我回到汴京城，盘了几处酒楼做生意，偶尔到白马书院讲学，也去嵩山讨论佛法。这些都有据可查。”

听到这里，易厢泉即使再冷静，心中也已经隐含怒气了。白景询并没有说实话，他“游历”的几年，分明是回到了西夏，做了西夏太后的爪牙，之后带领着大批西夏探子回到中原，从慕容家窃取白银；为逃避追捕，进入仙鱼苑行骗，仙鱼苑小书生的悲剧由此而生。之后，他将白银作为军饷带回西夏。他为了得到长生之法，去了洛阳，找到了邵雍，杀了师母温宁。之后，杀了鹅黄与柳三一家。他的确盘了家酒楼，那就是梦华楼，掌柜的是伯叔，也是西夏探子。白景询杀了太多的人，又往大宋安排了大量奸细，和郑京烟一起行贿受贿，炸毁了兰州火器营，安排军队偷袭银川寨……

这些，他统统没讲。

白景询又道：“之后我认识了一位商人，名为伯叔，他是梦华楼的老板。去年正月，他请我出一道谜题，想用作猜画题目。于是，我开始作画，出了凌波仙子的题目，画的就是我的父母。我离开仙岛时太过年幼，找不到方位，又想祭拜母亲，便想趁此机会，希望有能人可以给出答案。后来，很是庆幸，真的有人破解了谜题。不是别人，正是易公子。”

说完，他看向了易厢泉，眼神中竟然真的充满感激和敬佩。

殿中所有人都抬头看向易厢泉。

连皇上也很是吃惊。

易厢泉已经很生气了，但他没有表态。他知道，如今的情况极度糟糕，白景询的话一车接着一车，明显是有备而来。殿内，皇上弄不清事实，几位大臣不清楚情况，宁可不提问，也不想惹祸上身，只有燕以敖站在易厢泉一边。他虽然知道事情经过，但对于细枝末节并不是很清楚，乃至白景询每讲一句话，他都要看向易厢泉进行求证。

如果易厢泉此刻说白景询撒谎，皇上一定会问他白景询哪里说错了。但白景询只是瞒报，他讲出来的几乎都是实话，所有言论都能找到出处甚至证人。

见易厢泉不说话，燕以敖也明白了他们现在是处于劣势。但他仍然打算逼问："你说你认识伯叔？"

白景询看了看他。

燕以敖又道："他是这伙西夏探子的头目之一，你不可能与他划清界线。"

白景询摇头："我真的不清楚。去年，他辞去这份差事，去了西域，我们便再无联系了。他的确是我雇佣的掌柜，负责酒楼的营生。他做事，我收钱。他是汴京城的老商户了，许多商人都和他有关系，比如慕容家与他做过药材生意，再比如……夏家。夏家是茶商啊，给很多酒楼供应茶叶。"

他可真敢说。易厢泉深吸一口气，心里的愤怒很难抚平。

燕以敖又道："我们会找到证据来与你对质的。"

"随时恭候。"白景询点点头，"我说的都是实话。我回顾我的半生，并未做出对不起大宋，对不起百姓的事。我只是个做生意的小商人，也去书院讲学，也会资助寒门出身的书生，为什么会被通缉？是被奸人所害吗？思来想去，身世就是我最大的问题，所以我一字一句全部说清，若皇上是个明君，定当有所定夺。”

他说得很恳切，但话语很刺耳。这些话竟然滴水不漏地把自己的问题摘得干干净净。

燕以敖抓贼抓了多年，第一次见到这种敢在皇上面前贼喊捉贼的人。他沉着脸，问道：“你对吴大人的事一无所知？”

白景询摇头：“完全不认识。”

“对长生不老药的事呢？”燕以敖对这件事持怀疑态度，“你不曾派人找过长生不老药？不曾杀害青衣奇盗，拿走长生不老药？”

白景询道：“那药的下落我不清楚，只知道我母亲曾将它沉在雁城码头。我母亲不信它，我自然也不会信。”

燕以敖反驳：“也许那药本就无效，但不代表你不会去找。”

白景询笑了笑，一副坦然的样子。

燕以敖又问道：“杀害吴大人、慕容家的白银劫案、与西夏人勾结，都与你无关？”

白景询很认真地摇头：“无关。易公子的陈情书写得十分翔实，他又查了六年，很多细节也写得很清楚，看起来真实可靠，但问题在于这位‘白大人’的身份。我的确姓白，‘景询’这个名字是曹皇后所取，姓是在出宫之前，先皇随意帮我取的。而这位姓‘白’的西夏探子，只落下一个姓氏，不能因为他的姓氏就推断那个人是我。他可以是任何一个人。”

他点明了问题的关键。蔡京一直在一旁听着，听到此，问易厢泉：“恕我直言，你们是如何确认他的身份的？”

燕以敖没说话。易厢泉道：“熙宁八年，我们曾在仙鱼苑见过。他为了运走大量白银，策划了仙鱼苑事件。这件事蓬莱县令知道。”

白景询道：“当年我路过仙鱼苑，的确见过你和夏公子，但我与那件事并无直接关系，何况，那时候你和夏公子年纪都很小。”

蔡京问易厢泉：“当时你多大年纪？”

“十六岁。”易厢泉没有再多说一句，因为当时夏乾只有十三岁。

蔡京想了想，对皇上道：“臣会细查。不过，既然人都在宫里，那通缉令……先撤掉？”

皇上点点头。

白景询露出一个不易察觉的微笑。

燕以敖道：“这件事证人也不少，昨日有多人落网，很快就能找出证据。”

“可以。”白景询坦然道，然后对皇上道，“清者自清，我愿意协助调查，皇上可以让他们与我当堂对质。”

他说得十分坦荡。

燕以敖看了易厢泉一眼。易厢泉眉头紧锁。终于，他下定了决心：“我们有证人。”

白景询看了他一眼。

蔡京疑惑道：“可我看过大理寺的上书，抓到的那十几个人，没有一个见过白大人的样子。还有谁能做证人？”

易厢泉道：“肖统。他是西夏最重要的探子之一。”

他一说完，众人吃了一惊，重新翻阅大理寺的上书。蔡京问道：“可是这个人……”

燕以敖回答：“没有死，被送离了汴京城。”

这样的事，他们竟没有上报。四位大臣都看向了皇上。可皇上没有质问，而是对燕以敖道："今天关宫门之前，能押送回来吗？"

燕以敖点头："能。"

皇上道："日落之前把人押回来，就在宫里审，开封府尹协同审理。"

面对这个提议，众人始料未及。皇上这么说，是希望今日就审出结果。

李成应了，开启了垂拱殿的大门，道："今日的事，还望诸位大人口风紧一些。"

大家鱼贯而出，白景询被单独带回龙图阁。而几位大臣安静地出了垂拱殿大门，神情都有些紧张。易厢泉跟在众人后面，走着走着，才慢慢明白这件事的复杂。白景询的身世涉及前朝旧事，不能对外宣扬。他和内廷之间的关系很是密切，所以对他不能太严苛，但也不能不审问，此时更不能轻易放他出宫。

此外，易厢泉上书的目的很简单，是抓捕幕后黑手白景询，还众人公道。但他调查了六年，在陈情书中提到了许多事，包括吴冲卿的死亡案、郑京烟的贪污案、兰州火器营事件、边疆战事……每一件对于大宋朝廷而言都不是小事。贪污腐败、党派斗争，都能在陈情书中看到影子，如果顺着这些事严查，那在朝廷中无疑将是一场腥风血雨。

一石惊起千层浪，所以每位大臣的神色都很复杂。

易厢泉的心情也沉重起来。他进入偏殿等待，希望肖统能被带回来。直到太阳西斜，一个人走了进来。

这是一个留着胡子的宦官。易厢泉看见他，忽然想起来，此人名叫童贯，他曾在洛阳见过，当时此人审过几名宫女（见《天涯双探6》）。

而童贯只是看了他一眼，没有多说话，只是来通传，说有人在东华门外找他。

易厢泉立即起身出门。东华门外的小殿阁里，夏乾一直在那里踱步。见易厢泉进来，夏乾赶紧迎上去："怎么样？燕以敖派人来传话，说白景询出现了，现在需要带证人进宫。"

易厢泉点点头："的确出现了，但他不肯承认罪行，现在要把肖统找回来做证。"

夏乾急道："白景询知道肖统没死。他去千佛塔幸存的孩子那里打听到了。"

易厢泉愣了一下。这件事他始料未及。他想了想，问道："燕以敖知道吗？"

夏乾摇头："不知道。燕以敖只是托人来带了话，他自己快马追李德，然后直接把肖统带回宫。厢泉，现在所有事情都在白景询的计划之内。如果肖统回来，只怕我们也问不出什么来，怎么办？"

易厢泉眉头紧皱。现在皇上下了旨，要带回肖统，肖统一定会回来。可如果肖统什么也不肯说，事情就变得很难办。

易厢泉道："夏乾，你先回去，如果有其他消息，你再告知我。还有，想办法往蓬莱传个消息，去找一个叫素心的前朝宫女来汴京城，要快。其他的事，我再想办法。"

夏乾点点头："你有什么好主意吗？"

易厢泉看了看宫内那些在修缮的宫人，道："倒不是什么好主意。我只是想试试，在宫内找点东西。"

太阳落下去了，肖统被带到了。

当他被五花大绑带上殿的时候，竟然吹了一声口哨。这声音带着惊讶、轻蔑与嘲笑。而坐在主位的人是燕以敖，旁边是开封府尹蔡京。李成站立一旁，静静地看着。

肖统朝四周看了看，笑道："我还以为大理寺的人不会食言，没想到呀，真没诚信，说好了把我送离汴京城，如今竟然又绕了回来，而且没回大理寺，而是来了这么个奢华的地方。嘿，我说谁这么大面子。"

他本以为会被喝止，但没想到，整个殿内寂静无声。

没有人看他。

在这样的情景下，肖统叫嚣了一会儿，也觉得无趣了。他斜了一眼燕以敖："想问什么？"

燕以敖拿出陈情书给他。肖统哼道："不认识汉字。"

燕以敖道："你认识，你只是不想看。我可以一个字一个字念给你听，但你不觉得浪费时间吗？肖统，我们的约定依然成立。如果你说出实情，我们会把你送离汴京城。"

肖统"啧"了一声，草草看过，道："差不多是这么回事。"

燕以敖问道："上面说的，你都承认吗？"

肖统问道："怎么，还要画押？"

燕以敖道："除了上面交代的事——"

肖统反唇相讥："其他的事我可不想承认。"

燕以敖道："你认识白大人？"

肖统问："怎么啦？"

燕以敖道："我把他带上来，你认得吗？"

肖统懒得回答。就在这时，白景询被李成带了进来。所有人都坐直了一些，紧盯着他们。

燕以敖问道："是他吗？"

肖统直接回答："对，就是他！"

他痛快地承认了。在场的人都有些惊讶，又都松了口气。这下，事情好办了很多。

然而，白景询面不改色。他看了看肖统，道："我不认得你。"

肖统哈哈大笑："他们说认识谁，那我就认识谁呗！"

燕以敖眉头一皱："你什么意思？"

肖统懒散地看了看周围的人："你把谁带上来，我都会认。"

燕以敖怒道："说实话！"

肖统哼了一声，道："不认识。"

"让你说实话！"

"实话就是'不认识'！你们这群人，说话不算话，让我离开汴京城，又把我叫回来，安的什么心？！"

肖统骂骂咧咧。燕以敖问道："那你可曾见过'白大人'？"

肖统道："白大人？我知道是谁。"

蔡京问道："他在堂上吗？"

肖统摇头："不在，但他在宫里。"

此言一出，众人心里又开始吃惊。肖统的说法着实有些可怕。"在宫里"是什么意思？朝臣在宫里，女眷在宫里，皇子、公主、太监也在宫里。

燕以敖问道："究竟是谁？"

肖统笑道："是谁我可不敢说，但是我认识来传话的人，是'白大人’的手下，一个漂亮的宫女。你们要想知道‘白大人’是谁，把宫女都叫出来，我认一认。”

他简直是在无理取闹。燕以敖道：“不可能。”

肖统道：“那就看画像吧。把宫女画像拿过来我看看。”

燕以敖看了李成一眼。李成点点头，转身离开。很快，几千张画像被拿了过来。肖统被松了绑，一张张地看，时不时吹声口哨。大家都难以忍受，却又不得不等着。直到他拿出一张画像扬了扬：“是她。”

李成把画像拿过来，愣了一下。

肖统嘿嘿一笑：“就是她，漠然姑娘。”

他说出名字的时候，整个房间内寂静无声。大家既震惊又疑惑。肖统笑得越发开心。他看了大家一眼，道：“这可是你们问我的，我不想说的。”

燕以敖怒道：“不要在这里信口胡说！”

“燕大人，”肖统瞪了他一眼，“我可跟你们不一样，我说的句句是实话。这个漠然姑娘，算是我的老相识了。不信，你可以把她叫过来问问。我们每次行动，都要听命于西夏官员，一般以飞鸽传书联络，其他的行动，就要听漠然的话。她经常来传话，或者直接递信，信上只有一个签名‘白’。我都说得这么明确了，你还非要问我这个‘白大人’是谁。呵，谁说‘白大人’一定是男的？”

燕以敖怒道：“在这样的地方，你竟然还要胡说！”

肖统冷笑一下：“我可没有胡说，我还有好多没有说呢！我和这个漠然经常见面，以前是在梦华楼，后来是东华门附近的面馆。怎么，你不信？你们大理寺难道不觉得奇怪吗？你们三番五次地想要拦截大宋和西夏的书信，都拦不到，对吧？书信就是从皇宫流出去的，你们大理寺哪里查得到！哎哟，你瞪我做什么？”

蔡京觉得此事非同小可。他看了肖统一会儿，道：“燕大人，你先不要反驳他，让他按时间顺序把做过的事说一遍。”

肖统笑道：“那可太多啦。我第一次被派到大宋，就是参加慕容家的白银劫案。后来在蓬莱，我还装乞丐骗人呢。咦，那个姓易的小哥今天怎么没来呀？后来，白银被运走，有一部分没有流入西夏，而是进了某些人的官邸。某些人在汴京城外面有宅子呢，院里栽种着白梅花。

“后来我回了西夏。等我再来中原，已经是熙宁八年。漠然让我去杭州接人。我在灵隐寺外找到一个伤痕累累的回鹘女人，把她接回了汴京城。后来我才知道，这个女的叫妮鲁帕尔，竟然就是大名鼎鼎的杀手无面。等她的伤口复原，我把她带去梦华楼，和漠然会面。”

燕以敖听不下去了：“你怎么记得这么清楚？”

肖统懒洋洋道：“燕大人，你以为我只有武艺好吗？我的脑子也好使得很，要不怎么干得了这一行？何况漠然姑娘冷冰冰的，谁见了都忘不掉呀。然后到了熙宁十年，漠然给了我一封信，上面第一次出现了‘白’这个名字。之后，我们按照信上的指示，和杀手无面一起前往洛阳。我找到了邵雍，杀掉了他的妻子，并且把刀放到了他的手里，拿走了黑玉扳指。之后见到了知府郑京烟，把后续的事交代了，然后拿着黑玉扳指回了京城。我不知道这个扳指是做什么用的，但这也只是一件小事而已。后来我才知道，漠然姑娘的主子想找长生不老药。嘿，这有钱有势的人就是不怕费事，杀了这么多人，就为了个传说中的药。”

他说到这里的时候，厅堂里的人都沉默了。肖统说了太多的事，也有很多细节。

肖统看了看他们，继续道："还有好多好多事，你们还听吗？元丰五年发生了很多事，一个是梦华楼的猜画活动，之后伯叔去了西域。我一直在京城待命，后来接到了新的任务，去吴家送酒，并且监视吴家的下人梁伯，杀掉吴家的小女儿。"

他的声音很轻，但是在场的人都听到了。在这一刻，大家都没有说话。

燕以敖问道："是谁指使你这么做的？"

"白大人啊。我不知道他们的谈话内容，漠然给了他一张图，是辽人弓箭制式图，还有一封信，让我带到汴京城郊外的无水庙，交给住持。我把信带去，之后准备了黑火药，准备杀易厢泉。"

燕以敖道："讲了这么久，你都没说'白大人'是谁。"

"这还用说？"肖统笑道，"舒国公主呀。漠然不是她的侍女吗？"

他可真敢说。听见这句话，几人的脸色都变了。李成看向燕以敖和蔡京。但这两人都没说话。燕以敖眉头紧皱，他知道，这肯定不是真的，肖统完全是在胡诌。但他找不到突破口，只能任由肖统胡说。

燕以敖深吸一口气，道："你在说谎。"

肖统冷笑道："你倒是拿出我说谎的证据来呀。"

蔡京低声对燕以敖道："审到现在，应该缓一缓。这件事有必要先向皇上通禀一声。"

燕以敖有些为难。如果今日的审理就此结束，把事情向皇上禀告，因涉及朝中贵族，接下来的审理极有可能会交给皇城司，那么之后的事，无论真相如何，大理寺都无权过问了。

“等一下，我还有问题要问。”燕以敖打算趁今日把事情问清楚，“你还有其他的事要交代吗？比如郑京烟。”

坐在一旁的蔡京，眼神闪烁了一下，没作声。李成一直站在一旁，迅速看了肖统一眼。肖统听见后，哈哈大笑：“郑京烟郑大人可是一位好大人，是我们的老主顾了！十多年前，他先是找伯叔买官，结果不成，后来阴错阳差，认识了朝中的某位大人。可那位大人也没什么势力呀，一来二去，两人就勾搭上了，开始一起弄钱。洛阳的肥水流入了郑京烟，还有一部分流入了那位大人那里。听说那位大人靠着贪来的银子拉帮结派，扶摇直上。可怜的郑京烟还守着他的洛阳金库呢，前一阵子被灭口啦。”

肖统说得直白而通俗，但是内容非常可怕。燕以敖逼问道：“和郑京烟一起贪污的人是谁？”

肖统摇了摇头：“不知道，好像不止一个人。所谓朝中的往来书信，就是从这两个人身上开始的。吴冲卿大人查的就是这件事。那些书信真假参半，后来书信到了舒国公主手里。”

燕以敖很快发现了问题：“刚才你说舒国公主是‘白大人’，那么她就是间接害死了吴大人。若如此，吴大人又怎么会把罪证交给舒国公主？”

肖统笑道：“吴大人到死都不知道自己把书信交给了罪魁祸首呗。”

肖统胡言乱语。燕以敖想继续针对肖统的漏洞发问，但蔡京显然对郑京烟的事很感兴趣，他道：“书信的内容，你可记得？”

肖统摇头：“我不知道。应该只有漠然，还有舒国公主知道，那个姓易的小哥也看过。”

蔡京问道："你可曾见过舒国公主？"

肖统笑了一下，道："没见过真人。"

蔡京问道："这些信件如今在哪里？"

肖统答道："你们去搜搜呗，什么院子里呀，树底下呀。"

此时，李成不知道什么时候悄悄退了出去。很快，他又回来，在蔡京耳边低声说了几句。

蔡京起身道："今日就审到这里。"

燕以敖立即道："蔡大人，这个人的话不能信，还是应该交给大理寺继续审问。"

蔡京看着他，道："这个人先羁押在宫里。放心，后续的事会查清的。"

他这么说着，表情却是阴晴不定的样子。白景询则淡然地站在一边，仿佛事情已经和他没了关系。

大概一炷香之后，皇上来到舒国公主院内。今夜月色很美，月光照进梅林，梅花开得格外绚烂。皇上在庭前看了一会儿。漠然出门，看到皇上，吃了一惊。

皇上问道："沁儿睡了？"

漠然答道："公主还没睡。"

皇上点点头，看了看漠然。这个女子和舒国公主从小就相伴长大，两个人就像彼此的影子。在偌大的皇宫中，她们二人是特殊的存在。皇上原谅了她们的特殊，盖住了流言蜚语，在这厚厚的宫墙内，给了她们一片静谧的、不受打扰的梅林。

但今日，皇上似乎有些忧虑。

漠然察觉到皇上的目光，有些诧异。皇上问道："今日公主可有出宫？"

漠然答道："没有。这两日公主凤体欠安，我一直陪着。"

屋内，传来舒国公主的声音。

"皇兄？"

皇上没有说话，直接走进屋内。因为生病，舒国公主的脸色有些苍白。她看到皇上，先是笑了，又道："皇兄还是在外面坐着吧。我病了，别把病气过给你。"

皇上没说话，在厅堂内坐了下来。漠然上了茶。皇上道："我有些话想对舒国公主说。"

漠然点头，离开了。兄妹二人隔着老远，但能听到彼此的声音。

舒国公主放下茶杯，问道："我听说人抓到了，今日有何进展？"

皇上道："以前我来看你，你都会先问皇兄的身体状况如何了。"

舒国公主一愣，然后道："我病了，哪里好意思问你。其实，皇兄的身体状况，听声音我便知道了，我们是兄妹啊。"

"兄妹……"皇上看了看墙上的字，道，"我们的确是兄妹。记得儿时读书，你的字写得可比我的好多了。"

舒国公主咳嗽了几声，笑了："我记得。我总被先生表扬，所以你才天天练字，想奋起直追。"

皇上看着墙上的字，道："朕还记得，你不仅字写得好，文章也背得好，被先生表扬'才华横溢，定能嫁个好驸马'。其他姐妹都掩嘴偷笑，你却不满地道，'勤学苦读究竟为何？难道不是为天下黎民苍生，而只为嫁个好驸马？’先生脸色一变，你却继续说，‘我与众兄妹同坐于此，共读圣贤之书。若问起课业来，皇子与公主明明相差无几，假以时日，皇子可居庙堂之上，为国为民，但公主读书再多，若不能助力朝政清明，不关心天下事，不为百姓谋福祉，那读书又有何用？不过是装点皇家门面罢了。倒不如院子里栽花种树来得实在。今日但凭先生说一句读书无用，姐妹们就此各自散去，再也不读了’。”

皇上突然说起这些，让舒国公主愣了一下：“这些事，皇兄都还记得？后来，先生没有说话，众姐妹也没有出声，母妃气得脸色铁青，只有皇兄你站了起来，同意了我的话。”

皇上没打算笑的，但想起来那时候的事，还是微微笑了一下。

舒国公主眼睛亮了一些：“从那时起，我就知道，众多兄弟姐妹之中，唯皇兄你与我一条心。”

皇上的笑容消失了。他看着茶杯，没有说话。

舒国公主看出皇上情绪不对，问道：“皇兄今日……可是有事要找我？”

“沁儿，你……可有话要对朕讲？”

舒国公主一怔，摇摇头：“只是拉些家常。”

皇上道：“今日审问，肖统说你这里有一些朝臣的往来信件。”

皇上直接发问，舒国公主也直接答道：“有。皇兄需要？”

“在哪里？”

“在桌子右边的画后面，有个盒子。”

皇上喝了口茶，没动。

舒国公主道：“怪我，怎能让皇兄亲自找？应当让漠然来拿才是。”

皇上问道：“你是什么时候拿到的？”

舒国公主答道：“吴大人死的时候，我就拿到了。”

皇上问道：“你为什么不早些对朕讲？”

舒国公主道：“当时证据并不充分。”

皇上道：“现在证据也不充分。”

舒国公主道：“信件我看过，涉及众多朝臣，真伪难辨，所以一直没有呈给皇兄。皇兄，你本就喜欢多思多虑，若是看了这些信件，只怕要多想。”

皇上道：“你倒是懂我。”

舒国公主道：“既然坏人已落网，拿着信核实便是，但信中的内容不可全信。皇兄……

皇上问道：“如果我今日不来问你，你打算什么时候把信件给朕？”

舒国公主一愣，没说话。

皇上问道：“等到朕死了，新帝登基，你再拿出来，以信为由头，再对朝臣一一审问吗？”

皇上今日的言语有些骇人。舒国公主没敢立即回答，而是强迫自己冷静下来：“不是这样的，皇兄，你误会了，我不会过问朝政之事。”

皇上没再说话，低头喝了口茶。

舒国公主谨慎问道：“可是外人说了什么风言风语？”

“刚才审了犯人，他说你的侍女漠然勾连外敌。”

“这分明是无稽之谈！”

“有人看见她屡次往宫外传送书信。”

“皇兄，我们一起长大，漠然也是在您眼皮底下长大的！她是什么人品，您怎能不知？！”

“朕知道。”皇上盯着舒国公主，“朕要看看那些书信。”

他要亲自拿。舒国公主站起来，道：“在那幅字的后面，有一个暗格。”

皇上走过去。那是一幅米芾的字。他直接掀了起来，却发现暗格中空无一物。

舒国公主连忙站起来，很是吃惊：“真的是在这儿的！”

皇上立即回头看了舒国公主一眼。舒国公主眼中满是委屈和错愕。

“朕信你。”皇上坐了回去，低头沉思，“今天有人来过吗？”

舒国公主点头：“因为我生病的缘故，之前来了很多人，郎中，还有几名宫人，都进来过。”

皇上沉默了，想了一会儿，道：“这几日，母后需要人陪伴，你收拾收拾，准备去蓬莱陪她吧。”

舒国公主一惊：“皇兄，难道你不信我？”

皇上道：“只是去避避风头。”

舒国公主道：“我从未做过伤天害理之事。”

皇上没有说话。就在这时，外面传来急促的脚步声，紧接着，李成的声音传了进来：“皇上，有急报。”

皇上冷声道：“有事过会儿再议。”

李成低声道：“那个肖统……自尽了。在羁押的时候，撞墙而死。”

第十一章
他的目的

今夜，大理寺的人都难以入眠。万冲、夏乾一行人都在厅堂，听完了所有的事。这一晚上显得格外漫长。从胸有成竹地上奏、白景询出现，到肖统吐出真相……所有的事在一夜之间全变了。

夏乾难以置信地摇着头："他们竟然在皇上面前翻案，白景询推了个干净，肖统居然自尽……是死在宫内吗？"

燕以敖点头："是在宫内。"

夏乾觉得不可思议："宫内守卫森严，也能自尽？"

燕以敖道："也不一定是自尽。"

这句"也不一定是自尽"，就非常微妙了。夏乾这才恍然觉得，这事原本比想象中更加复杂，于是小心问道："是谁做的？不一定是西夏人。"

燕以敖和万冲对视一眼，都沉默了。良久，燕以敖才道："肖统供出了舒国公主，还说，朝中有人贪腐受贿。这些事半真半假，但大理寺很难再管，只能移交皇城司处理。”

说罢，他将肖统的供词大致重复了一下。万冲和夏乾都格外震惊。朝中因为熙宁年间变法的事，群臣分为两派，部分大臣被贬，另一部分大臣获得升迁。现在又遇到立储的问题，九皇子和吴王都有可能成为下一任皇帝。群臣又开始惴惴不安。这个时候，肖统偏偏站出来供出了贪污的事，这无疑对朝中形势造成了巨大冲击。

所以，有人为避免节外生枝，趁乱取了肖统的性命。

夏乾有些紧张。他没想到白景询的事会有这么多牵扯，问道：“易厢泉呢？他现在怎么样？”

燕以敖道：“还在宫里。今天晚上，易厢泉要和李成一起审问白景询。”

夏乾道：“我能去给他送些衣物和用品吗？”

燕以敖点点头：“在东华门旁边有个小殿阁，值守的人是我兄弟，你们能在那里见面。”

夏乾点了点头。他打算买点东西给易厢泉送去。

他出了大理寺，走了一阵，周围很是冷清。就在此时，一顶轿子从远处过来。

好像是从皇宫的方向来的。

旁边就是蔡京所在的府衙。夏乾留了心，看到旁边有个棚子，他便过去躲着，想看看。

轿子在棚子前停了，却没人出来。

不一会儿，蔡京穿着便服，从府衙出来，直接钻进了轿子。

周围非常安静。夏乾屏息凝神。隐隐约约地，他听到了轿子中二人的谈话声。

“真是要谢谢童大人，太险了。”

“在这儿可是杀头的大罪呀。”

童大人？蹲在棚子里的夏乾皱了皱眉。这个“童大人”的声音，他似乎在哪里听到过。很快，他想起来了，这个人名叫童贯，是当年在洛阳遇到的宦官。

接着，轿子里又传来两人的说话声。

“一整盒都拿来了？”

“如果单独抽出某一张，恐怕更惹人怀疑。而且时间紧迫，知道舒国公主藏着信，我马上就派人去了。刚拿出来没多久，皇上就到了。还好下手快，否则皇上看了，难免不起疑心。”

“劳烦童大人了。”

接下来，是纸页翻动的声音，蔡京好像在看什么东西。良久，他感叹道：“这里面的内容真是可怕，郑京烟的事……我还以为处理干净了。”

“您也没帮他什么。巡查官员的时候，您给他递了几句话，也算念着老交情，他给您的那个宅院……处理了吗？”

“童大人此言差矣，哪里有宅院。”

“是我多嘴。好在郑京烟从来不留账本，这可真是个好习惯。”

童贯干笑了几声。蔡京沉默了一会儿，才道：“没想到舒国公主还留着这些信。还好她之前没有拿出来。”

童贯答道：“舒国公主自己也怕引火上身，没有确实证据，不敢拿出来。也许是等着九皇子登基之后，借着书信为由头来一次清洗。”

听到这里，蔡京没有说话。

童贯又道：“这次的事也是令人震惊，舒国公主居然和西夏人是一伙。这是真的吗？皇上怎么想？”

蔡京道：“让皇上自己去查吧，和我们没有关系。现在把往来书信烧了，这件事也能就此了结。这些东西只有舒国公主看过，皇上不信任她，肯定会把她送离宫廷。一个后宫女人罢了，不足为惧。”

童贯道：“还有那个姓易的年轻人。那些信，他应该也看过。而且郑京烟落网的时候，他就在洛阳。郑京烟沉在河里的银子，就是他找到的。”

接下来，又是一阵诡异的沉默。蔡京重重地叹了一口气：“我一直觉得，这个人留不得。但肖统死了以后，宫内戒备更加森严了，我们也不可能再做什么。只能等他离开皇宫后，我们再做处理，也不差这几日了。”

童贯道：“若不是他，也不会有这些麻烦事。”

蔡京道：“以后，他不会再惹麻烦了。”

之后，蔡京下了轿子。下人端来炭火盆，好像要烧掉信件。而轿子掉转方向，往宫门去了。

轿子里的话触目惊心，尤其是最后几句。

“以后，他不会再惹麻烦了。”

这话多么可怖，尤其是从开封府尹口中说出。

夏乾急了。他现在彻底明白了易厢泉的处境。易厢泉一直在查，只想抓捕白景询，却在无意间戳到了某些官员的痛处，这些人是不会放过他的。

夏乾想了想，站起身来。他要立即去找易厢泉，提醒他暂时不能离开皇宫。

夜已深了。今夜，龙图阁内灯火通明，屋内，只有李成、易厢泉和白景询三个人。

白景询端坐在凳子上，烛光把他的脸打上了一层暗影，使得他的表情看起来令人琢磨不透。

李成坐在白景询对面，忍不住掩嘴打了个哈欠。他整理了一下口供，已经非常厚了。整个晚上，他不断地问，白景询不断地回答。按照时间顺序，他把自己的生平一一讲清楚。庆历四年出生在仙岛，五岁入宫，后来出宫，开始云游。这三十九年来的经历，白景询事无巨细地讲了出来。五台山、洛阳、大理……白景询在数年间去了很多地方，而且似乎都有证人。他买了酒楼，资助贫寒书生，也都有据可查。

不仅如此，李成找人快马加鞭地联系了白景询的举荐人——嵩山少林寺的住持。住持说，白景询在那里有一处单独的住所，想来便来，想走便走。他们经常一起讨论佛法。但住持年事已高，得知宫内需要住持前来讲经，白景询便代劳了。

这么一说，也没什么可疑的地方。李成翻来覆去地问细节，可白景询答得滴水不漏。唯独他父亲的身份，白景询一问三不知。

李成翻着口供，问道：“这么多年，你去了这么多地方，却没去过西夏？”

白景询道：“我生在天子脚下，怎会与大宋为敌？不仅是西夏，我也没去过辽国和交阯。”

李成问道："那你与西夏也并无往来？"

白景询摇头："没有往来。"

"你不仅熟知天文地理、各国政事，还懂西夏文。"李成翻着口供，"别说易公子怀疑你，我也觉得你像探子。"

李成开玩笑似的，眼神却紧紧盯着白景询。

"西夏文是当年先皇让我学的，我还留着他做的西夏文手札和字帖。当年，先皇以为我会入朝为官，便让我勤学外族文字，可以做使臣与敌国交涉。"白景询笑了笑，很风趣地答道，"早知有今日，我就不学了。"

李成继续试探："没有人拉拢过你吗？"

白景询认真答道："我的母亲是大宋的公主，我怎会做背叛大宋的事情？何况我无权无势，对政事了解得不多，西夏人如果想要拉拢人，肯定会先选择朝廷官员。"

他说得有道理。如果西夏人要拉拢大宋的人，的确有比他更好的人选。李成又问道："陈情书上写了不少事，这些你真的从未做过？"

"没有做过。"

"杀人、运送军饷——"

"从来没有。"白景询道，"我连动物都没有杀过。"

李成点了点头，嗓子都哑了，于是喝了口茶。他问了一夜了，白景询怎么都不肯承认，又没有实质性的证据，只能在这些问题里试探性地打转。

白景询看着他疲惫的神色，知道李成不打算审了。于是，他将目光看向了易厢泉。

自他们进入龙图阁偏殿以后，易厢泉总是在殿内听一会儿，出去一会儿。这几进几出的，令他有些疑惑。但在李成审问的过程中，易厢泉一句话也没问。

李成问他：“易公子还有什么问题吗？如果没有问题了，我只能拿着口供回皇上了。”

李成的暗示很明显。如果今夜再审不出来什么有价值的内容，这件事有可能不了了之。

易厢泉道：“白先生的记性真的很好，三十多年来的经历，可以事无巨细地讲。”

白景询没说话。

易厢泉继续道：“如果提前做了准备，撒谎的人会把谎言编得特别详细，哪怕这些事他从未经历过，也会说得万分真实，就好像背下来了一样。但撒谎的人在编造谎言时，往往都是按照时间顺序，所以在审问的时候，我们一般会用倒叙的方式审。”

李成一愣，易厢泉是想让他按时间顺序倒着问一遍。

白景询眼眸一闪，随即答道：“可以。我从今年的经历开始倒着讲，一直讲到我出生。”

易厢泉摇头：“我有个更好的方法。”他突然开始撕纸，写了很多小字条。字条上写着“庆历”“皇祐”“至和”“嘉祐”“治平”“熙宁”“元丰”，还有数字和月份。他递给李成，道：“您随意抽，问到哪年，就让他答哪年的事，一条条跟刚才的口供对。”

李成一怔，看向白景询。

白景询的目光沉了下来，道：“可以，请问吧。”

李成抽了一张，问道：“嘉祐六年七月，你在做什么？”

白景询答道：“在长安的鸿途书院任教。”

李成低头看看口供，对得上，于是又抽了一张，问道：“熙宁八年……四月，你在哪儿？”

白景询如实答道：“在蓬莱。熙宁八年四月，那年天气特别热，我在蓬莱遇到了易公子，也是那年，发生了仙鱼苑的事。”

李成觉得这样不行，于是问得更加详细，包括当时的天气、住宿的地点、同行的证人。白景询都一一回答，和之前的口供完全对得上。

易厢泉没有说话。他看了白景询一会儿，突然站起身来，离开了龙图阁。

白景询眉头一皱。他觉得有些不对，却没有说什么。

李成继续坐定，又开始问问题。直到夜色越来越浓，易厢泉才回来坐下。李成看了看他：“易公子要不要问问看？”

他没有明说。但易厢泉知道，哪怕是以时间乱序来问，白景询依然对答如流。他没有看口供，而是开口问了第一个问题。

“你的腿是怎么断的？”

白景询的神色原本温润平和，听到这句话，这种平和一瞬间消失了，眼神冰冷起来。

李成捕捉到了他神态的变化，有些吃惊。

而白景询脸上的恨意转瞬即逝，又换上了平和的表情：“在宫里出了意外。”

“不是意外。你的腿是被人打断的。”易厢泉盯着他道，“你不记得了？”

“这是我的私事。”

“是哪年的事？嘉祐元年？”

“记不清了。”

“你是哪天离开皇宫的？嘉祐三年？”

“对。”

“你的腿断了之后，在宫内住了三年？”

“我不记得了。”

“打断你腿的人……你还记得他们的名字吗？”

“不记得。”

“你其他的事记得很清楚，这件事怎么就忘了？”

白景询没有说话。

“几个人？是五个人吗？里面有一个姓徐的宦官？”

白景询依旧没有说话。

“你恨他们吗？”

“这件事过去了。”

“也就是说，你不恨他们？”

“恨。”白景询盯着易厢泉，说出了这个字。面对易厢泉的频频追问，他选择直接承认。而他的意思也很简单，恨又如何呢？换作任何人，都会恨的。

易厢泉问道：“你恨他们，却不记得他们的名字？”

白景询的手轻轻敲了敲桌面——他有些不耐烦了。

易厢泉问道：“只是恨而已？”

白景询答道：“易公子这句话就有趣了，恨就是恨。这也是我离开皇宫的原因，先皇也知道——”

易厢泉问道：“你离开皇宫前做了什么？”

白景询眉头一皱：“什么？”

“你离开皇宫前做了什么？”

“我不明白你的意思。”

“当年的事，你一点儿都不记得了？”

“不记得什么了。”白景询看着他，表情平静地回答。但下一瞬，他的表情徒然变了。

他的目光看向了易厢泉的后面。后面门外，是一片梅林，梅林里站着一个女人。女人背对着他们。

白景询震惊无比。他认出了这个背影。

女子慢慢转过头来，是素心。二十多年过去了，她早就不是年轻时的样子，但神情依然严厉而冷漠，只是眼神多了一份淡然。她远远地看向白景询的时候，眼睛闪动了一下。谁都没有说话。

他们在这宫墙内看着彼此，忽然唤起了一些记忆和情绪。那些过去的画面一幕幕在眼前重现，瓢泼的大雨、阴冷的天气、灰黑色的宫墙、哀号的声音……

白景询迅速低下了头。

易厢泉站起身来，道：“李公公，咱们先离开，让他们叙叙旧。”

李成应了一声，真的起身离开了。素心慢慢走了进来。

屋内只剩下白景询和素心二人。

白景询没有先开口。

素心坐下，看着他道：“好久不见。”

白景询很快就恢复了理智。他希望在脸上挂上温和、礼貌的笑容，再对素心多一句虚假的问候。但他笑不出来，他连问候都说不出口。

素心的眼睛垂了下去。她手里握了几个小石头，道：“你刚来的时候就不爱说话，总是自己在院子里玩。院子里总会有很多石头，有灰色的，还有黄色的、透明的……就像是从泥地里冒出来一样。其实是……我们这群宫女，在别的院子里看到了好看的石头，都会拿来放在那儿。”

白景询的眼神恍惚了一下，但也只是一下而已。

素心继续道：“你五岁时来到皇宫，脸上带着阴郁的表情。这表情连曹皇后看了都害怕。关于你的身份，我们宫人是不清楚的。太皇太后的遗旨写了关于你的事，却只给曹皇后看过。但有一条，我们是知道的。如果你被找到，必须确认年龄，若是年满七岁，就会被送走，远离大宋；如果你未满七岁，就留在皇宫里照顾。你入宫的那年只有五岁，所以被留下了。”

她忽然说起这些旧事，但白景询并没有什么表情。素心叹了口气，接着道：“宫里恃强凌弱是常事。但我们瞧着你聪明，应该也不会受欺负。何况你不喜欢说话，也不同我们打趣，久而久之，我们也很少同你说话了。但是，景询……那天的事，是我们的错。”

当素心提到“那天”，白景询的眼神冷了下去。

“那天，我没有上前。徐大人在宫里的势力比我这个小宫女要大得多，我……现在道歉迟了吧，二十多年了。”素心低下头，“我这一辈子，做了很多错事。在宫里干活儿的，都是可怜人。但有时候回想起来，我当年怎么会眼睁睁看着——”

“您不用说了。”白景询淡淡道，“都过去了。”

素心道：“我来这里，只是看看你。其实……我不知你做了什么事，但我希望不是错事。皇宫里确实不温暖，但关爱还是有的。那时候，先皇来看你，你就会很开心。我以为你会入朝为官，把大宋变得越来越好……”

白景询道：“我行得正，坐得端，从未做过任何错事。”

素心抬头，看到白景询脸上浮现出浅淡的笑意，她心里一凉。她知道，他从小就是个不爱笑的人，这笑容看似亲切自然，实则透着万分虚假。

素心一瞬间就明白了，白景询从来没有原谅过她。

素心低下头，从怀中掏出几张纸。白景询快速瞥了一眼，眼神立即冷了下来。

是药方。

素心问道：“这药方是当年你给我的。你知道我会出宫，就想让我多给你带一些。”

白景询没有说话。

素心的手开始颤抖：“太医那里都有留存的病薄，他们给你开的药和这张药方对不上。景询，你的字从小就写得好，你告诉我，这是太医给你开的药方，还是你自己仿照太医字迹写的？你想要附子，你用附子去做什么了？”

白景询摇头：“我不记得了。这应该不是我写的。”

素心道：“这里面附子的用量很大，完全可以置人于死地。景询，我年事已高，事情过去这么多年，我只想求一个答案，你用附子去做什么了？”

白景询看着她，道：“我不清楚这件事。”

素心慢慢闭起眼睛：“景询，先皇一直很健康，但后来身体日渐不好，早早就去世了。”

白景询淡淡地道：“他去世得早，我也很遗憾。”

素心看着他：“这件事与你有关吗？”

白景询的目光冷了下来，道：“您想问什么？”

“先皇早逝，与你有关吗？”

“我与先皇情同兄弟，他去世时，我已经离宫了。”

“但是先皇去世前，有太医说过，说先皇年轻的时候曾经中过附子的毒。”素心的眼睛红了，“这件事只有我知道。景询，我带着这个秘密半辈子了。你和先皇都是我看着长大的，你告诉我，这件事与你有关吗？你告诉我——”

素心迫切地看着白景询。白景询的眼神却很冰冷，像是宣德楼淋过雨的灰色城墙。他看着素心，道：“先皇早逝，我也很是遗憾。”

素心低下头去，眼神很是哀伤。

白景询却面带微笑：“今日很高兴能再见到您，没想到此生还会再见面。”

素心还想说什么，但她看到白景询冰冷的目光，叹了口气：“我知道我问不出来，我只是希望你不要再做错事，真的。”

白景询没说话。

素心道：“有时候我想，如果还能回到那天，如果我当时阻止了你，如果……”

“没有如果。”白景询淡淡道，“我从未做过任何错事。”

素心不知该说什么。无论她说什么、问什么，白景询都绝对不可能承认。她只得站起，朝他行了一礼，慢慢离开了。

这应该是二人此生见的最后一面了。

白景询没有还礼，也没有再看她一眼，只是静静地坐着，不知在想什么。

易厢泉走了进来，在桌旁坐下，没有说话。

白景询温和地道：“竟劳烦易公子把故人请来，能与她见上一面，我很开心。只是很遗憾，她没有问到她想要的答案。”

易厢泉没有说话。

白景询笑了：“素心没有问出来，易公子难道不问问？”

易厢泉看着他，没说话。白景询之前的语气一直都很平和，说话很谨慎，尽量不与易厢泉直接对话。直到素心来了又去，白景询的态度有些转变——他的语速变快了，心中有了回忆和别样的情绪，眼神中多了攻击。

易厢泉却道：“我们没有提前商量过什么，素心的问题，都是她自己想问的。人这一辈子，总得带着一些秘密和问题死去。她问完了她的问题，我再问我的。”

白景询挑眉：“易公子想问什么问题？”

易厢泉问道：“你相信有报应吗？”

白景询眉头一皱：“什么？”

易厢泉看着白景询，眼神很冷：“你相信你做过的错事有朝一日会浮出水面吗？”

白景询答道：“我听不懂你在说什么。”

易厢泉站起身来，对门外的李成道：“我想让他跟我去皇宫后苑。”

白景询脸色微变。

李成也是一惊：“夜已深了，明天再去吧。”

易厢泉道：“烦劳李大人安排，我今日就想带他去看看。”

白景询起了疑心，但没有问。李成想了想，转身离开了。过了许久，他才回来，嘱咐了很多话。

几名宫人陪着他们进了后苑。

后苑假山后面，有一口井，那里有不少宫人打着灯笼围在那里。

白景询的脚步突然慢了下来。

易厢泉回头看了他一眼，道：“你不想去看看？”

白景询道：“我不知你什么意思。”

易厢泉道：“自己做的事，自己不记得？”

白景询道：“请不要随便——”

他的后半句话没有说出口。

这口井原本是封上的，如今已被打开，井口堆着一块又一块灰色的砖。令人触目惊心的是，井口摆着五具尸体。这些尸体用床单严密地包裹了起来。

易厢泉道：“这些日子，我得知宫内在修整后苑，我就拜托修缮的宫人留意了一下，没想到今天晚上有了这样骇人的发现。这五具尸体是从井里挖出来的。看尸体的情况，死了有十年以上。按规矩，宫中枯井一般要等上一年半载，确认没有水了才会封存。这五具尸体，如果是在封井之前就被扔进去的，然后填了土，那这样就不会有人发现。”

李成的目光快速扫了扫尸体，又看向白景询。

白景询没有说话，只是微微垂眸，盯着地面。

易厢泉看着白景询，道：“我们刚查了记录，这口井封存于嘉祐三年。那一年，五名宫人在宫中离奇失踪。你也是那年离开皇宫的。”

白景询没有说话。易厢泉起身，盯着他，问道：“白大人认识这五个人吗？”

白景询道：“时间过去太久，不记得了。”

“你不知道他们是谁？”

“不知道。”

“你在宫中这么多年，肯定知道这里有口枯井。”

“不记得。”

“在嘉祐三年，五名宫人失踪这事，你记得吗？”

“不清楚。”

“他们的腰牌还在。就是他们五个人，打断了你的腿，你怎么能忘呢？”

易厢泉说这句话的时候，包括李成，所有宫人都抬头看着白景询，还有他的腿。在这一刻，众人眼神如刀似剑。白景询站在那里，第一次感觉到了被冒犯和敌意。他又想起了那个雨天。在这一刻，他的眼神冷到了骨子里。但很快，他以一贯平和的语调道：“这件事与我无关。”

与我无关，这四个字一说，没有人能拿他怎么样。的确，嘉祐三年，那是易厢泉出生的年份，距离现在已经有二十五年之久。二十五年前的宫廷里发生过什么，已经很难查证了。即便找来最好的仵作，真的验出所有尸体死于中毒，也没有办法给白景询定罪。

李成站在一旁，看着僵住的二人，道："这件事需要详查，麻烦白大人这几日就住在偏殿。如果有问题，我们还会来问你。"

白景询道："乐意之至。"

易厢泉道："我就在放杂物的库房休息，直到问出结果。"

白景询看着他，道："我只想说，我……从未做过任何错事。"

天亮了。

易厢泉动了动，这才发现自己趴在桌子上睡着了。他赶紧起来洗了脸，继续翻看白景询的口供。

他查了这么多年，只差最后一步了，一定要查出结果来。但如今的情况很是糟糕——他们没有证据。如果白景询不承认，这件事就没有办法了结。

不一会儿，宫人通知他，有人送东西来了。易厢泉猜是夏乾来了。他跟着宫人往东华门去。一路上，他看到很多忙碌的宫人，似乎在筹备宫宴。

易厢泉问道："不知今日要举办的是什么宴席？"

领路的宫人答道："庆功宴。刚刚收到捷报，西夏人撤军了。"

西夏人撤军了。

宫人说得很轻巧，就像在说一个不起眼的消息。的确，大宋总有战事，胜了、败了都是常事。在这厚厚的宫墙内，西北的战事就像一个遥远的、发生在异国他乡的故事。宫人们一辈子没有离开过宫廷，他们匆匆忙忙地走，看不出脸上有什么喜悦之情。唯一挂念的，就是今晚宫宴的准备工作。

而易厢泉听到这个消息，愣了一会儿。他回忆起这段时间的努力，又想起大理寺的人没日没夜地查探消息……他们抓捕了那么多探子，一次又一次涉险，一直没有放弃，终于，西夏撤军了。这意味着连日来的忙碌有了很好的结局——边疆守住了。西夏人会在很长一段时间内安分守己，大宋也将迎来一段安定、和平的时光。

这个消息，他等得太久、太久了。他忽然觉得，也许历史不会记录下自己的名字，但是……这次事件之后，他的人生好像有了一些不同寻常的意义。

宫人问道："易公子，快些走吧。"

易厢泉回过神，立即跟上。

他来到东华门旁边的小屋。夏乾听到脚步声，直接跑了出来："厢泉，厢泉！你听到消息了吗？"

易厢泉点点头："听到了，西夏撤军了。"

夏乾露出了笑脸："终于结束了！"

易厢泉点点头，但神情有些疲惫。

夏乾急道："白景询怎么样了？"

易厢泉进屋，关上门："他什么都不肯说。我昨天把皇宫的井都挖了，找到了五具尸体，应该就是白景询当年害死的人。可他就是不承认。我还在翻看口供，希望能找出破绽。只要一直审问他，他的谎言就一定会被戳穿。"

夏乾点点头，拿出包袱来："这是孙洵让我带来的物品，我还给你买了包子。"

易厢泉摇摇头："我吃不下。"

他垂下头去，是真的累了。他们做了这么多，宋军赢了，连肖统和白景询都抓住了，可这又有什么用呢？白景询一直不肯承认。他真的好想让白景询受到惩罚，也好希望白景询能对他逝去的师父和师母说一句“对不起”。

“厢泉？”

易厢泉没有说话。

夏乾给他倒了一杯茶：“这几天你不打算离开皇宫吧？”

易厢泉摇头：“不离开，审出来了再离开。”

夏乾松了口气：“那就好。”

易厢泉问道：“怎么了？”

“没什么。”夏乾赶紧道，“现在外面很乱，想害你的人很多。你离开之前，想办法通知我们，让燕以敖派人送你离开。”

易厢泉的心思不在这上面，他伸手接过包子，道：“我准备回去再看看口供。”

夏乾拉住他：“你先别急着回去，这件事需要冷静想想。另外，有件事需要告诉你，狄震那边有消息传来，说姓白的这次会失去在西夏的官职。”

易厢泉一愣：“被罢官？”

夏乾点头道：“嗯，攻打银川寨失败之后，他再也不是西夏探子的头目了。”

这是个好消息。从另一个角度讲，白景询现在是西夏的弃子。

夏乾道：“这是他自投罗网的原因吗？他会不会还有其他目的？”

易厢泉叹气道：“我在宫里问了他一天一夜，什么都问不出来。他年长我十多岁，经验很多，说话极严谨，绝不会轻易承认的。”

夏乾道：“白景询自投罗网，不代表他不会有所行动。”

易厢泉问道：“你是说他在宫外还有安排？”

夏乾点头：“我觉得很有可能。”

易厢泉道：“可是他已经失去官职了。”

夏乾道：“可是这不代表他不恨大宋皇室啊。”

夏乾的话倒是有几分道理。白景询终究带着对大宋皇室的恨意，不管他是否有官职，他都有可能采取报复行动。

要知道，他一直留在宫里。

宫里……今晚宫内有一场宫宴，这是过年之前的最后一次宫宴了。白景询的目标会不会是这次宫宴？可他孤身一人在皇宫，又能做些什么呢？

火药。

想到这个词，易厢泉眉头一皱。他们处理的几起事件，全部和火药有关。西夏探子的聚集地，是采石场，要弄到火药很容易。

想到这里，易厢泉道：“我觉得一会儿得去跟李大人说一声，让他们注意排查，有备无患。”

夏乾点头道：“宫外也是，我让燕以敖去修好防火亭。”

易厢泉问道：“可钱从哪里来？”

夏乾道：“不够的我先垫上，我手头还有一些钱。”

易厢泉点点头：“我继续在宫中问话。既然他现在在我们手里，一定要问出什么。若是一些小人物的心思还能猜一猜，但白景询这样的人，很难看清他心中所想。”

夏乾道："不一定。我爹喜欢在江南一带做生意，一旦跨到北方，生意就容易亏损。因为他自幼在南方长大，对南方的气候、地理、百姓习惯了如指掌。"

易厢泉问道："你是说，大人物的心思反而容易猜？"

夏乾点头："我爹说过，要看一个人能做成什么事，只要看两个方面，一个是他的习惯，一个是他的欲望。咱们把之前遇到的关于白景询的事再梳理一遍，或许能从这里面找出线索。"

夏乾说得有道理。易厢泉想了想，道："白景询第一次出现，是因为梦华楼猜画。他是长青王爷的儿子，他在找他的出生地。在吴府事件中，他连吴家的小女孩都不放过。他和朝中的人有牵连，和郑京烟贪污腐败案也有关系。他还从仙鱼苑劫了银子，对拐卖人口的事视若罔闻。"

夏乾补充道："他还勾结杀手无面，派人追到西域地下，而且心狠手辣，杀掉了鹅黄和柳三一家……"

他们二人说完，都停了一下。

在叙述中，他们发现了一个奇怪的地方。

白景询他们是西夏探子，扰乱大宋军政，这都是能说得通的，但他花费最大心力的事，却是长生不老药。

夏乾道："柳三为了长生不老药，能连续偷盗十多次，而白景询……"

"有过之而无不及。"易厢泉想了想，道，"白景询这个人，执念更深。他为得到长生不老药费尽心力，用最好的杀手，连续数年追踪，一路追杀到西域，甚至没放过柳三夫妇。他这么想得到长生不老药，会不会……"

"难道他生了病，活不长了？"

夏乾开玩笑似的说了这句话，易厢泉却没有笑。

很有可能，白景询是活不长了。

周围安静了一瞬。夏乾恍然，迅速问道："他会不会是得了不治之症？只有这样的人才会对长生不老药动心。"

易厢泉迅速回想，道："白景询很是瘦削，脸色苍白，的确有病容。而且，他之前做事都很隐蔽，从不露面，只留下'白'这个姓。但是自从今年冬天以来，他频繁行动，先是炸掉了火器营，又袭击吴王，引诱宋军调军。这些事发生在短短的三个月之内，实属罕见，好像是白景询在急于求成。"

夏乾问道："但他杀了柳三夫妇，拿走了长生不老药。"

易厢泉叹道："我觉得那个长生不老药根本没有用，世间哪有什么长生之法。"

夏乾挠挠头："我也觉得那就是一瓶药酒。"

易厢泉起身，道："无论如何，这件事很容易确认，找太医直接来看就好。如果白景询真的患了不治之症，那我们反而能让他说出实情——"

就在这时候，他们听到一阵急促的敲门声。宫人进来急急道："易公子，你快去看看吧！白先生……昏迷了！"

第十二章
宣德楼上

白景询睡着了。

迷迷糊糊地，他仿佛听到很多声音，像是有很多人在他身边来来回回地走。接着，又是一片安静。

他就像做了一个很长的梦。梦里，他回到了小时候，第一次从水上仙岛来到宫里，一切都是那么陌生。那是一个阴天，宫墙像是涂上了一层暗色，红红的，像干涸的血。他不喜欢这个地方，讨厌四周高高的围墙。虽然仙岛四周也有高山，但那是完全不一样的地方。

完全不一样，那里有爹和娘。

人去世之后，会不会回到故乡？

白景询做了很久的梦。门外突然响起了宫人报时的声音，申时了。

他一下子惊醒，陡然坐起，看向外面。外面天已经黑了，四周点了很多蜡烛。不远处，易厢泉安静地坐在椅子上。整个龙图阁内只有他们二人。

白景询坐在床上，很是警惕，没有说话。

易厢泉道："在你昏迷的时候，有郎中来看过。"

白景询听到"郎中"一词，表情冷了下来。

易厢泉道："第一位郎中说你得了不治之症。我将信将疑，便又请来了八位郎中，其中四位是宫中御医，另外四位是民间最好的郎中。三位民间郎中看到是你，都吃了一惊，说是他们很早之前就为你看过病了，都以为你会不久于人世，没想到你能活到今日。"

易厢泉一边说，一边看着白景询的表情。白景询非常平静。

易厢泉继续道："但有一位御医和一位民间郎中给出了不同的结论。"

白景询的眼神微变。

易厢泉道："一位御医说，你的病虽然难治，但有许多保命的法子，至少能再延三年的寿命。另一位郎中则道，他见过延续十年不死的患者，只要用对了方子，安心静养，也许能活得更久。"

白景询依然平静，但眼神闪烁了一下。

易厢泉把方子递给他，道："郎中就在宫门外等着，医者仁心，他们不会撒谎。"

白景询草草看了方子，问道："你想做什么？"

"我们会请最好的郎中，用最好的药为你医治，你可以安心养病，地点由你来定，江南水乡、城郊仙岛……只要你不离开大宋，你可以在任何你想住的地方居住。只要你配合，我们许诺你十年的寿命。"

白景询没说话。

易厢泉接着道："若你不相信我的话，可以看看这个，这是大理寺卿的亲笔批函，还有皇上的手谕。"

他把手谕也递了过去。白景询接过，看了看，沉默了许久。然后，他抬头问道："你们要从我口中问出什么？"

易厢泉答道："关于西夏的一切。即便战争结束，他们也会继续安排探子来汴京城，我们想知道西夏人的全部计划，还有，他们新的头目是谁。"

白景询答道："我并不知道这些问题的答案。"

易厢泉道："你可以说说你知道的。"

白景询问道："易公子，我想问你一个问题。你真的愿意救治你的宿敌吗？"

他认真地看着易厢泉。这很有可能是他最后一个问题。

在这一瞬间，易厢泉脑中浮现出邵雍夫妇的身影，还有许多人的脸。这些人都因白景询而死。

许久，易厢泉终于作出了选择："为了大宋，我可以。"

白景询挑了挑眉毛："易公子的心胸真是宽广。"

易厢泉道："但我希望你对你害过的人道歉。"

"可以。"白景询很不真诚地笑了，"那你还要答应我一个请求，在我说出实情之后，立即安排我出宫。"

易厢泉点头："门口有一位姓齐的宫人，他可以随时带你出宫。"

白景询问道："半个时辰之内能走？"

易厢泉道："可以。"

白景询道："路上不安全，西夏人会灭口，我要你和燕以敖亲自护送。”

易厢泉点头：“没问题。”

“成交。”白景询从怀里拿出一份文书，“请把这个交给李大人，由他过目，再呈给皇上。”

易厢泉接过，想打开看看。白景询阻止了他：“涉及朝政，易公子最好不要看。如果一定要看，不妨让李大人来做。”

易厢泉怀疑地看了他一眼：“你什么时候写的？”

白景询笑了：“昨天。”

在这一瞬间，易厢泉才明白，这一切都是白景询计划好的。活下去一直是白景询最终和唯一的目的。他为西夏兢兢业业数年，最后却得了不治之症。长生不老药对他没有作用，银川寨的战事又以失败告终，西夏视他为弃子，他已经没有其他出路了。进入皇宫不为别的，就是为了跟易厢泉谈判，以此换取最好的条件，目的就是保住性命。白景询一直都是自私的人，他根本没有立场。只要能活下去，哪怕出卖自己的国家，他也在所不惜。

他可真是个小人。

易厢泉盯了他半晌，才道：“你们还有什么计划？”

白景询道：“几个月前，我们在野外开了采石场，目的就是挖通一条通往皇宫的通道。”

易厢泉一怔。这几日皇宫在修缮，施工的声音掩盖了挖掘声。

白景询道：“入口是雁城码头，出口在大庆殿龙椅后方地板下。届时会有人把火药带入，从大庆殿下方引燃。”

易厢泉的神色凝重起来：“什么时候引燃？”

“今天酉时，庆功宴的时候。这是最后一击。”白景询托着腮，“快去吧，易公子，今夜皇宫格外不安全，你可要早点带我离宫呀。”

这件事非同小可。易厢泉立即起身去和李成商量。李成知道后，脸色一变，迅速做了安排。

很快，宫宴被叫停，大臣、皇亲贵族开始仓皇撤离大庆殿。禁军将殿阁包围，搜查之后，果真在龙椅下发现了一个大洞。这件令人震惊的事迅速传开，宫内人人自危，霎时间一片混乱。

易厢泉站在龙图阁二楼，看着皇宫内的情景。宫人四处乱走，皇亲贵胄急着避难，大臣们挤在宫门口要离开。禁军已经将皇宫围住，今夜会在此值守，保护皇家安全。

白景询道：“今夜有可能有人浑水摸鱼前来行刺，若真如此，我可不想被连累，还望易公子信守承诺，带我尽早离宫。”

易厢泉犹豫了一下。此时，宫内并不安全，带着白景询离宫，是一个明智选择。出宫之后，由大理寺负责接应，燕以敖一定会保证白景询的安全，再对其审问，事情便会尘埃落定。

易厢泉点头：“我们马上出宫。”

夜幕降临了。

宫内非常混乱，但宫外一片祥和。此时到了用晚饭的时候，家家户户冒起了炊烟。街边的工匠吐着哈气，准备收工。他们是来修筑防火亭的。经过一天一夜的努力，水井已经打通，说明防火亭已经能够投入使用。剩下的修整工作，过年之前肯定能完成。

夏乾为防火亭的修筑垫付了银子，今日一直盯着这事。见进度飞快，他松了一口气，打算去大理寺再问问情况。

他往大理寺的方向走。临近过年，今日街上特别热闹，小贩在不停地叫卖，百姓在采买年货。但今日街上的人太多了，有很多书生打扮的人在街上走。他们一个个神情紧张，好像发生了什么事。

即便有灯会，书生一般也不会出来闲逛的。夏乾觉得奇怪，随手拉住一个书生，问道："你们为什么会聚集在此啊？难道今日有诗会？"

"不是。"那书生很紧张。他文文弱弱的，却推开了夏乾。

夏乾愣了一下，书生很快就离开了。

附近的人越来越多，有些是书生，有些是流民，他们似乎都在往同一个方向走。夏乾又拉住一个年纪小一些的书生，问道："你们要去做什么？"

小书生十一二岁，支支吾吾的。

夏乾心中忽然有了一个猜想："你们是不是去闹事？"

小书生道："不是闹事！就是去进谏。"

夏乾问道："去宫门口？"

"去大理寺。"小书生的眼神里有些迷茫，"要求严惩外贼。"

"哪个外贼？"

"不知道，但肯定有外贼。汴京城出了这么多事，肯定有原因，朝廷中有人包庇！听说是舒国公主！"

夏乾心里有些紧张。他以前读书的时候也遇到过这种事。大雨冲毁了扬州的堤坝，百姓传言，是知府贪污了修堤坝的钱。书院学生对此极为愤慨，引得百人在衙门口集会。那年夏乾十岁，也嚷着要去。可夏老爷恰好在家，拦住了他。结果，书生和官兵动起手来，一夜之间死了十余人。事后经查证，知府并未受贿。家人哭着把书生的尸体拉回家去，但这件事最后不了了之。

这件事给夏乾留下了深刻的印象。那天晚上，他爬上自家屋顶，看到了一切。

夏乾拉住小书生："你年纪还小，先回家去。"

"贼人混入天子脚下，成何体统？我们要求惩治外贼，难道不对？子曰——"

夏乾眉头一皱："是谁让你去的？"

"比我年长的同窗都去了，我不去，不太好。"

"这哪里是凑热闹的事？"夏乾眉头一皱，"你以为，集会的只有书生吗？你有兵器吗？这件事，你爹娘知道吗？动起手来，伤了你，怎么办？"

听了这些话，小书生脸色变得苍白。他犹豫了一下，朝四周看了看。在这些人中，除了书生，还有大量的流民。

小书生想了想，转身跑掉了。他并没有朝大理寺的方向去，估计是回家了。

夏乾松了口气，却听到远处隐约传来叫喊声。他越发觉得不对劲，赶紧朝大理寺跑去。只见大理寺门口浩浩荡荡站了几十个人，大部分是流民。夏乾费力地穿过人群。有流民伸手拉住他："行行好吧！公子！给点钱吧！"

他们扯住夏乾的衣服袖子，还伸手揪他的孔雀毛。

"我没钱！真没有！"夏乾掏出钱袋，里面就只有四文。其实他还有一个钱袋，藏在怀里。

流民不高兴了，依然拉住他不让走。

夏乾问道："这里怎么聚集了这么多人？"

其中一个乞丐嚷嚷道："听说是大理寺要发钱，这不，我们就都来啦！"

夏乾一惊："发钱？这等好事，我怎么不知道？"

几个乞丐瞥了他一眼，道："昨天就有消息了，说是只要打赢了仗，每人发一贯钱，一共发一万两银子。"

夏乾道："我在大理寺有认识的人，你们让一让，我去问问。"

他这么一说，原本拦路的流民居然真给他让出了一条路来。等他到了大理寺门口，见了万冲，忙问道："那些人说今天要发钱。"

万冲眉头一拧："哪有这回事？每年都有人散布流言。李德！李德！你去带人过来，这里人不够！把兵器都拿出来！"

夏乾忙问："燕以敖呢？白景询呢？"

万冲匆匆道："我们头儿不在，宫里出了乱子，他带着衙兵过去了。你不要在这里，快去安全的地方躲着！"

"可是——"

"快走！走后门，不要走前门！"

万冲说完这句，推着夏乾离开。夏乾点点头，想从后门出去。但他没想到的是，后门也挤满了人。夏乾当机立断，直接把自己的衣服撕破，又往脸上糊了土，翻墙出去了。待他站稳，却发现附近的人似乎不是流民。他们肌肉强健，像是打手。这些人撸起袖子，挥舞着拳头，高声叫起来。

"严惩奸贼！罪不容诛！"

“官员不能包庇罪臣！”

“发钱吧！钱呢？”

“当官的嘴里没有实话！”

在一片混乱里，愤怒的书生、激动的流民、不知哪里来的打手……都汇聚在此，呐喊声也越来越大。夏乾隐隐约约地意识到问题的严重性。他朝大理寺回望，看见其中有书生大声说着，要求见大理寺卿。

万冲站在门口，说大理寺卿不在，希望大家冷静。

流民喊道：“当官的都说谎话！”

这些话都是没来由的。就在此时，流民从谩骂变为推搡，有人开始朝大理寺内扔石块。万冲没有带刀，刚要开口维持秩序，一个流民悄悄走到他身后，用棍子猛击他的后脑。

夏乾没想到会看到这一幕，瞬间僵住了。

鲜血从万冲头上涌了出来，很快，他倒了下去。

“万冲！”夏乾喊了一声，可他的声音被淹没在鼎沸的人声里。部分流民挥舞起棍棒，高兴地道：“冲呀！当官的倒啦！”

大批流民冲进了大理寺。见状，大理寺的官兵纷纷拔出了刀。李德直接翻上了墙，想从墙上跳过去把万冲拉回来，可是被流民拉了下去，重重地摔在地上，跌入人群不见了。

酉时到了。

大庆殿被围了起来，开始进行逐一排查。在一阵喧闹、奔走声中，东华门、西华门被挤得水泄不通。禁军拼命地维持秩序，整个皇宫上下，人心惶惶。

那位姓齐的宦官负责带着易厢泉和白景询出宫。看到这种情况，他紧张地道："咱们快些走，不要在宫里久留。"

白景询本身腿脚不灵便，走得很慢。当他们来到西华门前，看到那里已挤满了人，部分臣子乘轿子离开，部分士兵要入宫，还有宫人在一一检查。

齐公公见状，只得道："我们在这里等一等。"

白景询道："可以走宣德门旁边的角楼，角楼下有门，驻守的士兵不多，一般不开放。但今夜的情况，若有令牌，咱们是可以走的。"

齐公公道："走西华门比较稳妥。"

白景询道："西华门需要等很久，你们将我送走之后，还要回来帮忙。"

齐公公犹豫了一下。他急着交差，不想耗在这儿，于是点头同意了，转身带着易厢泉和白景询上了楼梯。易厢泉对宫里本就不熟，也不知角门在哪儿，也许和东华门、西华门一样，是个更小的宫门罢了。可当他们顺着楼梯，一步步往城墙上走的时候，易厢泉才意识到，他们走了一条不常走的路。

白景询则走得很慢。他抚摸着古老的城墙，对身后的易厢泉道："这些城墙，从太祖入京后就建起来了。告诉你一个秘密，每隔十块砖，就会出现一个把手，轻轻一抽，就抽出来了——这是剑。当皇城有危险的时候，士兵丢了武器，便可从此处自取。"

他伸出手，迅速将剑取出。易厢泉心里一紧，立即上前一步，打算把剑从他手中夺过来

没想到白景询又把剑放了回去，笑道："不要紧张，我只是让你看

看而已。”

易厢泉眉头皱了皱：“快走吧，齐公公已经走远了。”

二人继续缓步上前。楼梯很长，他们越走越高。直到他们登顶，易厢泉才明白他们究竟来了什么地方。

这里是宣德楼的顶楼。

宣德楼下的景色让人挪不开眼。金色的月亮挂在夜空。月色下，是灯火绚烂的汴京城。为迎接新年，御街旁树起了灯山，顺着笔直的御街延伸开去。不远处星星点点的灯光，像是天上的星辰落入了凡间。百姓提着灯在夜市行走，采买年货。不远处，驴车挡了路，街道一下子变得拥堵起来。有几个人在吵架，还有几个人在看热闹。

从楼上看去，整个汴京城就像一幅美丽的画，百姓在画中游走，却不知有人在高处看着他们。

白景询很高兴地看着：“我一直特别喜欢这里。从这里看汴京城的景色最好，没想到有生之年还能再来。若能燃起烟火，那便更美了。”

易厢泉看着街景，也有些恍惚。往宫墙内看，是混乱的皇宫，大批官兵在紧张巡逻，而宫墙外是热闹的街道，百姓提着灯笼夜游，他们是如此快乐和幸福。

“宫墙内和宫墙外一直都是两个世界。”白景询慢慢地走着，一边看着街景，一边道，“十二岁那年，我也来过这儿。当时，站在我旁边的人是先皇。我待他如兄弟一般，我陪他读书，看着他做太子。他聪明勤奋，心怀天下，大宋江山交到他手里，必定会迎来辉煌。有时候，我会想……他能做皇帝，我呢？我明明也是皇室血脉，为什么我年纪轻轻就落得这般下场？后来，他英年早逝，我颇为唏嘘，又觉得这是上苍的旨意。是呀，这江山他能坐得，我为何坐不得？”

齐公公走在最前面，没有听到白景询的话，但易厢泉听到了，“这江山他能坐得，我为何坐不得”，这是多么大逆不道的话！白景询竟然敢直言。

他有什么不敢的呢？没有。他杀人放火，什么都敢做。

白景询又道：“后来，他做了太子，我离开了宫廷。可我能做什么呢？他能做到的，我也能做到，我会比他做得更好。他是大宋的皇帝，那又如何呢？”

易厢泉道：“先皇在位的时间很短，但那段时间，大宋是和平繁荣的。”

闻言，白景询冷笑了一下：“大宋做不到真正的繁荣。它文化昌盛，兵力却薄弱。大夏也做不到真正的繁荣，它虽擅吸纳百家文化，却土地贫瘠。如果继续连年征战，大辽国力越发强盛，若有一日策马南下，大宋和大夏都将沦为焦土，终有一日会惨遭灭国。如果大宋和大夏在一起呢？连年的战事可以停止，政策更加开明，商业更加繁荣，商人可以在西域畅行，百姓往来更加自由，大夏的骑兵战马可北上御敌，拿下燕云十六州，待局势稳定，将小国并入囊中，封疆固土，到那时，会出现一个从未有过的国家，国力强盛，幅员辽阔，百姓和乐。而一切的第一步，就是大宋和大夏统一。”

听见这些话，易厢泉有一瞬间的恍惚。他似乎明白，为什么有那么多人愿意死心塌地跟随白景询。这些西夏人背井离乡来到汴京城，一来就是数年，很多人再也无法回到故乡。他们死在这里，却无怨无悔。这些人希望看到一个更好的国家，可以让后人过上幸福的生活。

易厢泉看了看白景询，直接问道："所以，你为什么杀我父母？"

白景询没想到他会忽然问这个问题，挑了挑眉毛，没有回答。

易厢泉又问道："那你为何要杀我的师父和师母？"

白景询依然没有回答。

易厢泉问道："那你为何要杀吴大人的女儿？为何要杀柳三？"

白景询道："这些小事，在国家兴亡面前不值一提。"

"人生在世，当以天下兴亡为己任，以百姓苦乐为万事之要，不因大事为惧，不以小事为轻。"易厢泉认真道，"我父母被害，无人问津；师父和师母被害，无人去管；吴大人的女儿被害，也就是死了一个小女孩；柳三和鹅黄不过是贼，他们被害，反而能让人拍手称快。这么多年过去，这么多人枉死，这些人、这些事，都是你口中的小事。所以，你为什么杀他们？你回答不上来这些问题，我可以替你回答。你杀我父母，只因为我父亲没有出面去救你和你的父亲李元明，所以你怀恨在心；你杀我师母，嫁祸给我师父，只是为了拿黑玉扳指求你长生不老的美梦；你残忍地杀掉吴大人的女儿，也不过是怕吴大人查到你做的险恶勾当；你杀掉鹅黄，杀掉柳三夫妇……这么多人，你在乎过吗？没有。人命在你眼中如同草芥，开心的时候可以坐在楼上看着风吹碧草，不开心的时候便砍之杀之。我在你眼中看不到对百姓的关切，看不到对苍生的悲悯。你口口声声说的大义，不过是金玉其外的谎话。你用一套套说辞蒙骗别人，当然会有人信你。可我不一样。我，还有那些一直为不平事奔波数年的人，都知道你是个自私自利的人，是一个彻头彻尾的骗子。"

白景询脸色微变，在这一瞬间没有说话。

易厢泉冷冷道："快走吧，我不想多说了，你这些空话没人愿意听。"

白景询笑了一下：“也许你说的这些都是对的，但你还是不太了解我。”

易厢泉道：“我不想了解，让大理寺的人去了解吧。”

白景询抬头问道：“齐公公，不知可否扶我一下。”

齐公公已走远，无奈往回走。白景询看着易厢泉，狡黠一笑：“其实我的病是治不好的。”

他突然说了这句。易厢泉一怔。

白景询摆了摆手：“易公子，你太年轻了。民间郎中的话，怎么能信？那是我提前安排的，就是想拖一拖时间。我这个人，哪里有那么多欲望，不过是想来这儿看看风景罢了。”

他说这些话的时候，表情是那样平淡。一阵冷风吹来，易厢泉忽然有些清醒了，清醒之下，伴随着的是一阵惊恐——他从来都不清楚白景询的心，也不清楚他是一个怎样的人。

就在此时，齐公公已经不耐烦地走了过来。白景询突然伸手，瞬间抽出了城墙上的剑，一剑刺向他的心口。齐公公猝不及防，中了剑，连哀号的机会都没有，便慢慢跪了下去。而白景询快速抽出了剑，直接刺向了自己的心口！

就在下一瞬，易厢泉的衣领被白景询抓住了。易厢泉迅速反应过来，抽出匕首，将自己的衣领割断——

白景询咧嘴笑了一下，口中全是鲜血。他一手抓着易厢泉的衣领碎片，另一只手撑住石墙，往后一翻，直接从宣德楼上坠了下去，重重地摔在了御街的青石板上。

御街上的百姓惊声尖叫起来，下意识地抬头望向宣德楼。御街两旁是明亮的灯山，在明亮的灯光映照下，百姓看见了易厢泉沾了血的脸。

“掉下来的是谁呀？”

“怎么回事？怎么会从那里摔下来？”

“宣德楼上的是谁？是他把人推下来的吗？”

“杀人啦！有人杀人啦！”

易厢泉愣了一瞬，迅速往后退了一步。紧接着，令人意外的事发生了——远处传来一阵震耳欲聋的响声，以宣德楼为起点向南延伸，众多的集市、商铺、酒楼在一瞬间爆炸坍塌，潘楼街、寺桥附近燃起了熊熊大火。黑烟在汴京城瞬间升起，伤亡的百姓不停地奔走，哭喊声、尖叫声响彻京城。

白景询断了气，无数的烟与火映在他的眼睛里，苍白瘦削的脸上似乎有着浅淡而古怪的笑意。

第十三章

暴 乱

街上传来震耳欲聋的响声，像是地震了一样。夏乾立即抱头蹲在墙角。不久之后，街上忽然变得混乱不堪。到处是受伤的百姓，哭喊声不绝。可禁军和官兵大部分被派遣到了皇宫。等夏乾仓皇起身，发现黑夜里燃起了大火——有人朝大理寺扔了油罐和稻草，大理寺的院子很快烧了起来。院门被流民撞开，府衙内的牢房也快被冲开了。流民们欢呼着，却不知砸了谁、打了谁——他们遇到穿着官服的人就会动手。

不远处，御街两侧乱了起来，救火的、看热闹的乱成一团。许多房屋被炸毁，在黑夜里冒着黑烟。灯山在一瞬间倒塌了。街道暗了下来。在忽明忽暗的灯光下，到处是哭喊声和求救声。

夏乾想回去帮忙，可人群把他挤到了街角，他没法往前走，也不知往哪儿走。在这一瞬间，他担心很多人，担心大理寺的人，担心宫里的人，担心夏家的人，担心易厢泉……可人群把他挤得没了方向，他只得随波逐流地跟着人群前进，并拼命站稳，希望自己不要摔倒。可周围的人太多了，妇孺老人占了多数，总有人摔倒。摔倒之后，这些人就被淹没在人群中消失不见了。如果不及时站起来，就会发生踩踏事故。这时候，夏乾会拼命地把人拉起来——他一路走走停停，不知道拉起了多少人。

直到他来到小巷。

在小巷的角落，有一顶轿子。

这不是普通的轿子，轿子旁边有六个佩刀的人，明显都是高手。夏乾认出了其中一个，是崔羽。他曾是舒国公主的护卫。虽不知轿子里的是谁，但看制式，里面很可能坐着某位官员。

夏乾想上前去提醒崔羽，不要再往前走了。可轿子忽然歪了，几个流民突然涌上前。

“冲呀！杀呀！”

这些流民拿的不是棍棒，而是刀和匕首。六名护卫立即拔出刀来迎战——他们并不是保护自己，而是想护住轿子。护卫和流民短兵相接。但流民人数太多，很快，六个护卫中有五个倒了下去。

“崔羽！”夏乾喊了一声，但他的声音被人声淹没。

远处，只剩崔羽一个护卫了。他从轿中抱出一个孩子，单手翻身上了高墙，却被困在了那里——墙下都是流民。崔羽把孩子护在身下，慢慢移动。其他流民想要翻上去抓住他，可墙很高，流民上不去，只能用棍棒重重地打在崔羽身上。

夏乾不知道为什么会这样，他想呼救，但此处离大理寺已经很远了，一个救兵都看不到。

得先把流民引开。

夏乾从怀里掏出钱袋，借着微弱的亮光，直接朝街边砸过去。

铜钱和银子水一般哗啦啦地掉了下来。流民立即涌上去捡钱。趁此机会，崔羽带着孩子翻身进入另一条巷子。他刚想跑，周围的流民又涌了过来。这些流民拿的不是棍棒，而是刀。冰冷的刀扬了起来，一刀又一刀，朝崔羽身上扎去。崔羽很快便倒了下去——他的背上血红一片。

崔羽不动了。

那个孩子从他身下爬出来。几个流民冲上去，想要拽住孩子。夏乾心中一凉。他想去救人，但他离那里太远。他下意识地想喊一句“住手”，但话还在嘴边，就听到一个熟悉的声音。

“住手！”

喊话的是一个高个子姑娘。她梳着长辫子，站得挺拔，像是无论怎样都不会倒下去一样。

这样的声音，这样的背影……是韩姜，是韩姜！她为什么会出现在这里？可如今她就站在人群里。夏乾脑中空白了一瞬，立马又感到急慌，他大喊一声：“危险！”

韩姜闻声回头，隔着汹涌的人潮，她捕捉到了夏乾的眼神，很明显愣了一下。

而此时，场面越来越混乱，大批流民朝那孩子涌去。

孩子大概不到十岁，穿着考究的衣服。他刚刚从崔羽身下爬出来，却被人一棍子打在后背上。孩子痛苦地叫了一声，蜷缩着趴在地上。紧接着，刀就直接落了下来——他的腿被砍了一刀，鲜血流了出来。

韩姜见状，立即想过去拉起孩子。但是在一群流民面前，她显得格外瘦弱。

流民并没有把她放在眼里，直接扬起了棍子：“让开！”

韩姜一个转身，直接跳起，踩着人群的肩膀便飞身过去，随手拽过一个人的棍子，直接对着流民迎头痛击。那些流民根本没有防备，很快便倒了下去。她又换了手，连打了五个人。但流民人多势众，天又黑，韩姜的胳膊挨了一刀。就在这时，她身后有流民举起了棍子，狠狠地砸了下去。

咔嚓一声，夏乾用后背替她挡了一棍。这一棍打得狠极了，夏乾腿一软，整个人险些倒在地上。韩姜转身扶住了他。忽明忽暗的火光映在她焦急的眼睛里，她有很多话想说，出口却是一句：“找个安全的地方躲着。”

夏乾痛得说不出话来。韩姜把孩子往他怀里一推，把二人推进院子：“你们躲起来，我去把人引开！”

“不行！”

夏乾直接拉住她，然后带她从院子离开——这一带，他太熟悉了。这里是去年那个大雪夜，他们第一次见面的十字路口。当年的狗洞还在，他带着韩姜和孩子一起钻了出去。不远处就是金雀楼。夏乾忍着痛，一路来到金雀楼，推开了门。三个人踩着烧坏的楼梯往上爬。夏乾又推开了阁楼，三个人躲了进去。

很快，他们听到一阵叮叮咣咣的声音。

“往这里逃了吗？”

“没有吧？”

“没看到！”

“这楼真破，都快塌了！真危险！快走吧！”

在一阵嘈杂声之后，脚步声渐渐小了。漆黑的阁楼里，夏乾、韩姜，还有那个孩子一直屏息听着。直到声音完全消失，夏乾才摸索着点了灯。

韩姜已经受伤了，而那个孩子也脸色苍白。夏乾连忙将灯端得近一些，帮韩姜处理胳膊上的伤口。两个人沉默了一会儿，夏乾才打破沉默："疼不疼？"

"没事。"

"这么大的伤口——"

"我以前也经常受伤的。你呢？怎么这么傻，非要挨那一棍子。"

"我没事，就是后背有点疼，当时也没多想……"

"你别直接包扎，我这儿有金疮药。"

韩姜从怀里掏出药，夏乾连忙接了过来。就在此时，双鱼玉佩从韩姜的脖子里滑落出来——她一直挂在脖子上贴身带着。

夏乾怔了一下，韩姜也是。她立即缩回手，下意识地想把玉佩收回去，可夏乾已经看见了。

"你还带着呢？"

"嗯。"

"你的刀呢？没带着？"

"放起来了。"

"放在哪儿了呀？"

"放在住的地方了啊。"

"哦，你给我的穗子，我也带着。"

韩姜没说话。夏乾稀里糊涂地瞎问，一会儿问刀在哪儿，一会儿问她伤口疼不疼。问着问着，二人又沉默了。在整个过程中，才根本不敢抬头看她，只认真地包扎，直到伤口被包扎得不能再好了，才掏出匕首，割断了布条。可他还是不敢抬头，只是盯着地面，又开始瞎问。

“你的眼睛好些了吗？”

“好了。”

“不疼了？完全好了？”

“完全好了。”

“真的吗？我看看。”夏乾抬起头看她的眼睛。火光映在两个人的眼中，他们在对方的眼睛里看到了彼此，两个人突然僵住不动了。

夏乾觉得有些恍惚。二人重逢的场景，他想过千百次，见到韩姜，他要说什么呢？

可如今的场景他始料未及。他更想不到，当他再次见到韩姜，两个人稀里糊涂地说起话，竟然这么自然。他们不像是半年没见，就好像昨天刚从西域回来，今天又遇见了。夏家的意见、韩姜师父的死、眼睛重新复明……这么多重要的事，在此刻竟然显得不那么重要，最重要的是，他们的眼睛里有彼此的影子。

在这一刻，夏乾的脸上慢慢浮起了一丝微笑——这是他控制不住的、自心底漫延出的笑意。而韩姜看着他，竟然也笑了。不过，她赶紧故意崩住了脸。

夏乾看着她，问道：“你住在哪里呀？”

“我……”

“等金雀楼修好了，你就住这里，怎么样？”

韩姜愣了一下。她有很多话想说，但看着夏乾，竟然什么都说不出来，只是愣住了，然后，点头道："好。"

夏乾笑了起来。

韩姜也忍不住笑了："你笑什么？"

夏乾挠挠头："我就是觉得很幸运，也很神奇。"

韩姜忽然生气道："你之前做的事太过分了，怎么能把我一个人丢下？"

夏乾赶紧道："这件事是我不对，以后不会发生了。"

韩姜还想说什么，可又说不出来了。她看了看旁边的孩子，道："他身上有伤，你快看看。"

夏乾赶紧掀开孩子的衣服，这才看到，他的腿上有一个很大的伤口，鲜血还在流。

韩姜急道："这样下去，血会流干的。"

夏乾急忙扯了自己的衣服给孩子止血，可金疮药已经没了。夏乾连忙道："二楼还有药和绷带，我去拿。"

韩姜点头："小心些。"

夏乾道："放心，我马上回来。"

夏乾走下阁楼。楼梯发出嘎吱嘎吱的响声。他来到二楼原来的房间，推开门，翻找起来。这里原来是柳凝睡觉的地方，也放了一点杂物。

金疮药怎么没了？原来有很多瓶。

他翻找着，终于找到了一瓶，正准备转身，忽然听见一个可怖的声音。

"夏乾哥哥？"

夏乾猛地一个激灵，迅速回身，看到一个女孩。是无影。她就站在黑暗的角落里，脸已经烧坏了。此时，她漆黑的眸子正死死地盯着夏乾。

“夏乾哥哥？”

她又叫了一声，神情很是可怖。

“夏乾哥哥，我一直在这里等你。你去哪儿啦？你不要我了吗？你说过，以后要带着我一起生活的。”

夏乾没有说话。他的心中充满了恐惧，下意识地后退。

无影看着他，问道：“夏乾哥哥，是你故意放的火吗？是吗？不，你不会这样对我的！”

夏乾一直后退，没有说话。

无影的目光黯淡下去，声音尖厉：“都是骗人的！骗子！骗子！”

她突然跳起来，直接向夏乾扑过去！夏乾一个转身，狼狈地躲开了。在回闪之际，他看到了无影可怕的眼神。紧接着，夏乾躲到身后的房间里，立即闩上了门。

“咚咚咚”，无影咒骂着，开始疯狂撞门。

夏乾一边堵着门，一边喊道：“不要下来！”

他这话是对韩姜喊的。如果韩姜听见声响，下楼遇见无影，将是很可怕的事——韩姜受了伤，无影的武功又太高了。忽然，撞门声音小了——无影停了下来。

就在这短短一瞬，外面又传出咣当声，像是兵器碰撞的声音。夏乾明白了，韩姜还是下楼来了！他怕韩姜有危险，立即开门，却看见韩姜拿着匕首，已将无影逼到了窗前。

二人即将短兵相接。而夏乾突然出现，让无影恍了下神。韩姜趁机将匕首掷了出去。无影一个回身，躲开了，却没有站稳——她一下子从二楼的窗户摔了出去！

楼层不高，可楼下正是人潮汹涌的街道。随着无影的坠落，人群发出一阵叫喊。紧接着，在推搡中，很多人从无影身上踩踏过去，一个又一个，一脚又一脚。很快，街道又恢复了之前拥挤的样子。

夏乾心有余悸地看着楼下，韩姜脸色苍白地站在一边："她是谁？"

夏乾没有说话。是呀，她是谁呢？她是无影，那她有没有真实的名字？有没有爹娘？

没人知道了。

就在此时，阁楼里传来了哭声。夏乾和韩姜赶忙上去。阁楼上，孩子闭起了眼睛——太疼了。夏乾急忙拿出药帮他处理伤口。药撒到伤口上，孩子的眼泪瞬间涌出。可是他擦掉了眼泪，不肯叫出声来。

夏乾道："你放心，血止住了，一会儿就不疼了。除了腿，你还有哪里受伤吗？"

孩子摇了摇头，却没有说话。

韩姜问道："你是谁家的孩子？为什么被人追杀？"

夏乾问道："是不是官家子弟？"

孩子点点头。

夏乾问道："那崔羽……"

孩子一直勇敢地绷住眼泪，直到听到崔羽的名字，他一下子哭了："我的护卫都死了，崔大人为了救我，把我护在身下，挨了六刀才咽气。"

孩子一边哭一边发抖。夏乾赶紧道："现在安全了，崔大人如果知道，会放心的。"

楼下的吵嚷声一直不绝于耳，小小的阁楼里却有了片刻的宁静。孩子哭了一会儿，才慢慢地止住。他抬头看了看夏乾和韩姜。两个人都受了伤，有些狼狈。

“谢谢。”孩子擦了擦眼泪，问道，“不知二位恩人姓名。”

夏乾咧嘴笑了：“她是女侠。至于我，你不用管啦，我是大宋子民。”

韩姜道：“你放心，等到街道上平静了，我们就把你送回家去。”

小孩点点头：“禁军会到的，那些暴民会被逮捕的。不知道今日为何会发生这样的事。”

夏乾生气道：“都是因为白景询，因为西夏人。”

小孩问道：“白景询是谁？”

韩姜也问道：“是你和易厢泉一直在找的人吗？”

夏乾点点头：“是幕后人。他落网了。”

孩子认真地问道：“是西夏人吗？是坏人吗？”

夏乾不想说，但觉得这孩子好像是想问到底，便道：“是西夏人，也是大宋人。他自幼在皇宫长大，后来变成了西夏探子。”

孩子听到这儿，愣了一下。

夏乾挠了挠头。他这么说，也不知道这孩子能不能明白。

孩子问道：“这些事，你是如何知道的？”

“这些事，是猜画的时候知道的……我的朋友易厢泉一直在查他。”

“猜画是什么？”

夏乾道：“别问啦，你们都受了伤，先好好休息。我在这里守着。”

孩子不问了。夏乾把自己的外衣脱下，让韩姜披着躺下睡觉。慢慢地，韩姜的呼吸均匀起来。夏乾就这样看着她。在这一刻，他觉得格外幸福。

孩子小声问道："你喜欢她？"

夏乾瞥了他一眼："小孩懂得还挺多。"

孩子道："你笑得很开心。"

夏乾赶紧问道："你觉得她喜欢我吗？"

孩子点了点头。

夏乾又开心了。小孩道："这其实是世间幸事。"

夏乾问道："你几岁啦？说话像个大人。"

孩子答道："九岁。"

夏乾叹道："我九岁时不爱读书，还在天天玩闹呢。你不一样，你是好孩子，能干大事。"

他拍了拍孩子的头，孩子愣了一下。夏乾缩回了手："怎么啦？"

"没事。"孩子摇摇头，挤出一个微笑。

夏乾看了看他的脸色，问道："你是不是疼得难受？"

孩子忍不住点点头："身上疼，浑身冷。"

夏乾明白了，这孩子流血过多，有可能撑不住，于是，赶紧解下自己的里衣给孩子披上："别说话啦，好好休息。"

孩子道："这里冷，你穿得太少了。"

夏乾笑道："你都伤成这样了，还关心别人呢。"

孩子没有说话，但也没有闭上眼睛。

夏乾忧心道："还是疼？"

孩子脸色发白："疼，睡不着。"

夏乾很怕孩子出事，道："我……给你讲个故事？"

小孩点点头。听故事，就不会觉得疼了。

夏乾想了一会儿。这孩子九岁了，那些女娲补天的故事估计是不愿意听的，于是道："孔子周游列国的故事？"

孩子摇摇头。夏乾明白了，这个孩子谈吐有礼，十分聪明，别说故事，《论语》肯定都背得下来，于是问道："《柳毅传》《聂隐娘》，都看过吗？"

小孩点头："都看过。"

这都看过，那还讲什么？夏乾愣了一会儿，终于，他想到了一个主意。

"有一年初秋，天气很冷，一直在下雨。一个大盗来到了江南小城，他要偷一双很值钱的筷子。为了不让大盗得手，官府的人把小城封了起来，这故事你听过吗？"

小孩愣了一下："没有。"

夏乾得意道："就知道你没听过。"

小孩不服气了："主人公是谁呀？"

夏乾答道："有两个人，一个叫小易，一个叫小夏。"

小孩真的没听过。他问道："这两个人是做什么的？要去做什么呢？"

"他们要去抓贼。"夏乾清了清嗓子，开始讲故事。从青衣奇盗偷筷子开始，讲了下雪的山村、汴京城的猜画活动、吴府和长安的案子、西域的地宫、洛阳白马寺案件，还有鲛人的故事。

夏乾讲了很久、很久，而孩子一直静静地听着。

直到月亮越升越高，故事终于讲完了。

第十四章

他们的故事

月亮照着皇城。

在白景询坠楼之后，易厢泉就站在宣德楼上。很快，空中飞来一支利箭——这是朝着易厢泉射来的箭。好在城墙处容易遮蔽，易厢泉躲了过去，可袖子仍然被利箭射穿。等士兵赶到，易厢泉才从城墙上下来。

他有些恍惚。接下来，他不知道将会面临什么样的情况，皇上会不会把白景询的死归咎于自己？刚才的利箭又是怎么回事？有人要杀自己吗？他不知道。

此时，东华门、西华门一带一片混乱，到处都是尖叫的宫人和守卫士兵。李成就站在城墙下，看到易厢泉下来，上前道："易公子受惊了。刚才的事……我已经知道了。"

易厢泉道："他是自尽。还有，那些箭——"

李成却道："我们会查明的。易公子，有些话需要问你。"

说完，他招了招手。几名士兵围了上来，蒙住了易厢泉的眼睛。易厢泉没想到会是这样，但士兵催促他跟上。就这样他被带着走了一段路，直到周围越来越安静，直到喧闹声不见了——他好像进入了一个房间，又进入了地下。

“站着别动。”

这是李成的声音。易厢泉闻声，站住不动。过了很久，蒙在眼睛上的布被取了下来。

易厢泉眯起了眼睛。他看了看四周，发现自己在一个昏暗的地方。四周没有声音，没有窗户，阴冷潮湿，好像是在地宫里。

远处有一盏灯在晃。是李成拿着灯，正站在不远处。

易厢泉有些疑惑。李成道：“易公子放心，这里是地下密室，安全得很。带你到这儿，只是想找你问些话。现在状况已经稳住，皇宫没有出问题。但街道上很是混乱，不少百姓受了伤，好在禁军已经抵达，接下来会抓捕暴徒，救治百姓。多亏你之前提的方案，工部的人提前修好了防火亭，火很快就被灭了。”

易厢泉点点头：“白景询虽然死了，但事情不一定会就此结束，宫中的探子也要慢慢排查。宫人有不少伤亡，宫内的诸多职位也会出现空缺，很有可能会有人浑水摸鱼，把探子伪装成新的宫人。如果不经检查就送入宫廷，后果不堪设想。”

李成赞许地点点头：“易公子言之有理。但今日叫你来，有其他事情。你先看看这四支箭。”

地上摆着四支箭，都是同样的制式，但新旧程度不同。四支箭上都沾着血。

李成问道：“四支箭有何不同？”

易厢泉答道：“这四支箭看似制式一样，但细节和图腾有所不同。第一支箭粗糙，第二、第三支箭是一模一样的，第四支箭像是手工打磨的，更精致。”

李成点头：“这四支箭都是辽国制式。第一支箭来自战场，第二支箭杀害了吴冲卿大人，第三支箭杀害了郑京烟大人，第四支箭是刚才射出的，上面沾着的是易公子你的血。”

易厢泉瞬间明白了。这四支箭都是仿照辽国制式做的，目的就是隐藏身份。第一支是真正的辽人用箭，第二支、第三支是西夏人灭口用的，第四支箭……

易厢泉问道：“有人想杀我？而且不是西夏人？”

李成点点头。

易厢泉之前就知道有人想杀他，可他不知道是谁，也不知对方竟然布下这种埋伏。

李成道：“随我来吧，皇上在等你。”

李成只说了这句，便示意易厢泉跟上。他们穿过很长的走廊，像是地下通道。周围只有火把，没有窗户，更没有人。长廊尽头是一个书房，周围全是书卷，房间内亮着许多灯。皇上正坐在桌案前，不知在看什么。

李成上前一步：“人带到了。”

易厢泉行了礼。皇上一直在低头翻阅着什么。过了很久，他才问道：“你可知，这是哪里？”

易厢泉摇摇头，但他其实能猜出个大概。地板洁净，装饰考究，而皇上又穿着便服，所以这里应该是皇上的一个秘密书房，距离皇宫不远，可能在地下。易厢泉不能下定论，摇头便是最省事的回答。

皇上没有再问话。他还在翻阅手中的东西。易厢泉看了一眼，很快察觉出不对——这是白景询给皇上的信。

易厢泉想了想，还是上前一步道："我不知道白景询的信上写了什么，但他这个人并不可靠，皇上莫要轻信。"

皇上把信往前一丢："你自己看。"

易厢泉犹豫了片刻，上前一步，拾起信。只见上面写了大量官员腐败、滥用职权的事。这些事都写得非常简单，却又真实可信地写出了时间和涉案人员。易厢泉不懂朝政，对具体情况也不了解，但就看这封信的内容，涉及太多大臣，如果要一一查清，恐怕整个朝廷都将面临血雨腥风。

易厢泉想明白了这里的问题，道："百足之虫，死而不僵。白景询气数已尽，很有可能是挑拨离间。如果轻信了他的话，只怕会冤枉了好人。"

皇上道："你告诉我，上面哪些事是真的，哪些事是假的？哪些人关系好？哪些人关系差？哪些人是新党？哪些人是旧党？"

易厢泉无言，他真的不知道。

皇上把信放下，道："这些人和事，朕会一一核实。"

易厢泉没有说话。他只能提醒，不能干扰皇上的判断。

皇上看了看他，又道："朕听说舒国公主手中有一些信。"

易厢泉点点头："是当初吴大人搜集的，听说被偷了。"

皇上看着他，问道："你相信舒国公主的为人吗？"

易厢泉点头："相信。"

皇上道："朕也相信。朝中的人总因她是女子，又因她对朝政过度关切，所以对她百般刁难。但朕知道……沁儿有智慧，有胸怀，愿意为大宋奉献一生。她现在安好，在蓬莱居住。"

易厢泉舒了口气。

皇上的眼神忽然有些冷："但她是太后的人。等朕一死，新帝继位，太后回宫垂帘听政，到那时候，她们会大权在握。赵家的女人真是不容小觑。"

易厢泉一惊，没有说话。他对于朝中的纷争一直都不了解，也不想了解。他只想把坏人找到，只想把真相查清。舒国公主是好人，于他而言一直都是。至于其他的，他真不知道。

"这些事，你不必太过清楚。"皇上盯着易厢泉，眼神温和了一些，"朕知道你不是她们一党。但信被偷了，朕想知道那些信的内容。你那么聪明，看过一遍，肯定能默出来。"

易厢泉道："但有些内容可能是伪造的，不知真假，我……"

"朕让你默出来。"皇上的声音冷了起来。

易厢泉犹豫了一下。他没有说话，接过纸和笔，开始默写起来。信不多，易厢泉写得很快。他写一张，皇上就看一张。直到写完，易厢泉才放下笔，看了皇上一眼。

皇上的眼神让人难以捉摸。这是很平静的眼神，平静中带着一丝落寞。

他把信拿起，放在蜡烛上烧掉："朕信你。"

易厢泉没有说话。他想说的，刚才都说过了——他不认为这些信件里的内容全部属实，这很有可能是白景询离间大宋朝廷内部的诡计。但他说了好多遍了，皇上似乎毫不在意。

皇上没有再问，而是把桌子上的劄子往外一推：“你看看这个。”

易厢泉接过，低头看起来。上面详细记载了其父拓跋海的事情。拓跋海是西夏人，曾为李元昊兄弟李元明效力，所以，易厢泉也是西夏人。而易厢泉也曾在西域与西夏朝臣宁烈相见，也因为宁烈被杀，大宋军队溃败。

易厢泉看完劄子，没有作声。他不知道这劄子是谁呈上的，看似客观的陈述，其实充满了对他的污蔑。

皇上问道：“上面写的可是真的？”

易厢泉回答：“关于我身世的部分，应该是真的。”

皇上问道：“你是西夏人？”

易厢泉回答：“我生在大宋，是大宋的人。”

皇上看着他，道：“劄子上的事……你不反驳？”

易厢泉把劄子放了回去，道：“我乃一介草民，也是大宋子民，只做对百姓有利的事。我问心无愧。”

他的言辞很是简单，因为此时说再多的话也无济于事。

皇上问道：“你不关心这劄子是谁递的？”

易厢泉眉头微皱。他是真不知道这是谁递的。

皇上翻了翻劄子，道：“上劄子的是一个小官，与你素未谋面。”

易厢泉沉默着，没有说话。

“易厢泉，你还没入朝为官，就被人参了一本。”皇上把劄子扔到一边，“这是朕第一次见这样的事。几名朝廷大员想弹劾一个普通百姓，又畏畏缩缩不敢行事，让手底下的小官去做，真有意思。”

皇上的话语间透着轻蔑。易厢泉依然没有说话。从进门到现在，他还不清楚情况，但觉得皇上对他似乎没有恶意。

皇上问道：“你知道有人要杀你吗？”

易厢泉微微皱眉。他一直知道有人在追杀自己，之前，他以为是西夏人，但刚刚看了那些箭，又看到皇上的眼神，还有默写的那些信……易厢泉慢慢明白了，是自己知道的事太多了，有人不希望自己多管闲事。

皇上道：“那些乱臣贼子不可能给你任何生路，但是朕可以。这就是今天朕叫你来的目的。易厢泉，大宋需要你，朕也需要你。”说完，皇上从怀中掏出一块牌子。

这是梅花令。但与其他梅花令稍有不同，侧面雕刻了龙纹，下面雕刻了一只眼睛。

皇上道：“这块令牌，整个大宋只有几块。有龙纹的牌子，是朕亲发的。执此令者，可以出入任何场合，任何人不可盘查、不可追问。这个，只有皇城司的人才能取得。易厢泉，拿了这块牌子，你便是皇城司的一员，行刺探、监察之职。朕许你正六品官职，整个皇城司，只有李成的职位在你之上。他在宫内行事，你在宫外调查。”

皇上把梅花令推了过去。

易厢泉心中有些乱。老百姓都说，皇城司的人是汴京城的眼睛。他们权力极大，可以监察皇室人员动向，影响朝廷官员任命，甚至调动军队。

易厢泉没想过要拥有这样的权力。

皇上见易厢泉不动，接着道：“只做十年。十年之后，朕许诺你归乡，换个身份、姓名。你可以回洛阳，也可以去任何你想去的地方，终生领取朝廷俸禄。”

皇上说完这些话，便看着易厢泉。而易厢泉还是没有动，他避开了皇上的目光，道：“皇上为何如此信任我？也许我……”

皇上没有说话。李成则道：“皇上当然知道你的为人啦。”

易厢泉还是不解。

李成用嘴形提示道：“大理寺万大人。”

万冲？易厢泉愣住了，万冲竟然是皇城司的人！自己查了白景询六年，万冲参与了大部分事件。当年，易厢泉揭下皇榜，抓捕青衣奇盗的时候，万冲就认识他了。这么说来，皇城司的人早就注意到他了，难怪皇上对他这么信任，难怪皇上知道他和舒国公主不是一派，也难怪当初易厢泉提议假装从银川寨撤军，皇上竟然毫不怀疑，立即下了撤军的命令。

他早就知道易厢泉的为人，也早就知道他做了哪些事。

皇城司是真正的汴京之眼，他们是皇上的眼睛。

李成劝道：“你身家清白，年轻又聪慧，而且不畏强权，日后九皇子登基，也需要臣子辅佐。你不为皇家办事，就太过可惜了。易公子，你要好好考虑清楚，出了这扇门，外面乱得很。”

易厢泉终于道：“我没有这个能力。”

“我也没有。”皇上看着他，道，“太医说我活不过明年。”

易厢泉愣了一下。这是皇上第一次用“我”，而不是“朕”。在天命面前，天子竟然如此卑微。

皇上道：“舒国公主一直在蓬莱与母后同住。如果新帝继位，母后会从蓬莱回京垂帘听政。我的儿子聪明好学，可他生在帝王家，身上的担子太重。我想保护他，也想保护这大宋江山，可我做不到了。我需要一个人接替。这个人要聪明可靠，且不会和任何人一党。”

他看向易厢泉。

易厢泉有些恍惚。他没想到今日会听到这些话，而皇上明显不想给他任何拒绝的机会。十年，也许真如皇上所说，接过梅花令，为大宋效力十年，之后就可以回到洛阳隐居，或者去别的地方生活。与其算命讨生活，解决一些小案件，或许，做官才能实现他最大的人生价值。在大宋官僚体系中，没有比皇城司更合适他的了。和以前一样，暗访、调查……这些事于易厢泉而言，得心应手。于情于理，于公于私，他都应该把牌子接下。

但这更像是一条不归路。皇城司的生活异常危险，而且没有办法手不沾血。易厢泉虽不是贪生怕死之辈，但生死之间，他仍然存有疑问。都说人读书明理，为国为民，可皇城司的官员直接听命于皇上，皇令就是天。若有一天要对朝臣贵族兵刃相向，他也要做；若要牺牲百姓换来皇权稳固，他也要听。到那时候，他会不会问自己，所做的一切又是为了谁呢？

究竟是为了大宋百姓安乐，还是为了巩固皇权统治？

是后者。

他可以为百姓牺牲自己，可他的牺牲真的能换来百姓的幸福吗？如果未来的皇帝下了蛮横的政令，他也要听从吗？

这是易厢泉思绪最混乱一天。他想着想着，忽然有些出神。他想起了山间的师父和师母。恍惚中，他看到一艘大船，船在往东开。他看到了碧海和蓝天，海鸟在空中飞翔，鱼儿从水面跃起。他站在船头，看到太阳升了起来。远方究竟是什么呢？是他新的冒险。

他不想接这块牌子。

易厢泉抬头看了皇上一眼。看到皇上的眼神，他明白，如果不接，他很难走出这皇宫。他知道的秘密太多了。宫外有想拉拢他的人，也有要杀他的人。若是不同意，皇上能放过他吗？

他要怎么办呢？

就在他胡思乱想的时候，李成忽然出去了，不久之后，又步履匆匆地进来，低头对皇上耳语了几句。周围很安静，这些细碎的声音传到了易厢泉的耳朵里。

皇上听闻之后，脸色大变。

“你说人丢了？人丢了是什么意思？”

李成声音微颤：“宫宴之后，众人撤离，九皇子去太尉府中拿书，之后遇到了暴乱——”

闻言，皇上剧烈咳嗽起来。李成急忙端茶过去。皇上脸色苍白地道：“兵部的人怎么说？”

“兵部尚书和禁军统领都回了话，说现在还没有消息。但在路上找到了轿子……现在还不能下定论。”

“轿子？护卫呢？他身边的护卫呢？”

李成没敢说话。

“回答朕！”

“六个护卫都死了。”

这次暴乱显然是有预谋的。皇上的脸色越发苍白了。他剧烈地咳嗽了几声，道：“让大理寺的人一起找！”

李成的眼神垂了下去："流民袭击了大理寺，听说死了很多人。燕大人当时在宫里，来不及赶回去。听说连万大人也被暴徒袭击，生死未卜。"

一旁的易厢泉听到熟悉的名字，回想起之前街头的乱象，这才知道如今宫外竟然如此混乱，比他见到的还要可怖。

皇上脸色微白，虚弱不堪，显然没听进去。

李成看了看皇上的脸色，道："禁军已经将街道包围了，等把暴民清理，相信会找到——"

"找到尸体吗？"皇上的眼睛红了，"怎么会让他出去？这样的日子，他为什么离宫？"

因为当时宫中也很混乱。易厢泉和李成都知道，很有可能是西夏人的计谋，也可能不是。在混乱的黑夜里，有人借着机会浑水摸鱼，可能是支持吴王的人，也可能是旁人。而如果不出意外，明年春天，九皇子就会行册封礼，他将成为太子，会是大宋下一任皇帝。

皇上站起身来："朕要出宫。"

李成急道："皇上，街上太混乱了，您贵为天子——"

"我去找。"易厢泉站了起来。

皇上愣了一下，看着易厢泉。

易厢泉道："我不知道是否能找到，但……找人我比较在行。李大人，麻烦跟我说一下情况，再派几个护卫。"

李成道："易公子——"

易厢泉看着皇上，鼓起勇气："但是，这块牌子我担不起。"

李大人吸了一口凉气。皇上没有说话。他们都没有想到易厢泉敢直截了当地拒绝皇令。

易厢泉顿了顿，道：“我去找九皇子，不是因为别的，只是想帮父亲找到他的儿子。其他的……我什么都不要。”

月亮升起来了。金雀楼里的两个人还在说话，孩子追着夏乾问故事的细节。夏乾困得不行，但又怕孩子挺不过去，只好一点一点地讲。慢慢地，孩子的眼里有了光彩。

“不疼啦？”

“好多啦。”

夏乾舒了口气：“那我要歇会儿，我讲得嗓子都干了。”

小孩要求道：“再讲点吧。”

夏乾累得不行了：“就这些，没了。我讲不动了。”

“这些事是真的吗？”

“是真的。”

“那你是小夏？”

夏乾点点头：“你怎么知道？”

孩子道：“我感觉小易更聪明，小夏嘛……”

夏乾不满意地道：“小夏也很重要。”

孩子赶紧道：“对，这两个人都很重要。小易如果没有遇到小夏，就没有办法坚持查下去的。小易是你的朋友吗？你们的真名叫什么呀？”

“我叫夏乾，他叫易厢泉。”

“易厢泉……我愿以我微薄之力还天下人公道，不畏义死，不容幸生，这是他写的话。”小孩喃喃道，“你的那位叫易厢泉的朋友，可真是个人才。他想不想做官呢？”

“我问过他。他以前不想的，其他的……我也不知道。但我知道他现在的处境堪忧，也许会招惹是非。”

孩子问道：“什么是非？”

夏乾摇头：“那便不好说了。西夏人恨他，那些和郑京烟有牵连的贪官也恨他。”

小孩沉默了一下，问道：“他自己有什么打算？”

“他之前说，可能会离开大宋一段时日。他还是很喜欢自由自在的生活，可能会游历几年。我问过他想去哪里，他也不知道。但我猜，他想去看大海。”夏乾笑了一下，“其实我有条船，刚买的，他还不知道呢。”

小孩瞪大了眼睛：“你给他买了条船？”

“也是想自己运货，所以买了一条海运船。船太贵，之前我一直犹豫，后来听说厢泉有危险，我便买了。但是现在没有特批，生意难做，船只能停在港口。如果能早点出发就好了。”夏乾叹了口气，“我原来想得挺好，厢泉可以乘船离开，去高丽，或者去东瀛，去看大海，还能吃鱼。”

小孩想了半天，又问道：“那你呢？你后悔离开吗？”

夏乾一怔，这才明白小孩想起了他离开庸城时写的“不自由，毋宁死”，于是道：“不后悔。”

“你自己选择的这样生活？”

夏乾笑了：“是。虽然磕磕绊绊，还赔了好多钱。”

小孩有些明白了：“你有了自己的小生意，还有一个喜欢的姑娘。”

夏乾点点头："酒楼烧毁了，但人还平安，总能重新来过的。"

小孩看了看四周："这酒楼怎么会烧成这样？"

夏乾叹了口气："抓坏人的时候烧毁了，现在也没什么钱修补。但我会好好努力，把金雀楼变成汴京城最好的酒楼，再开……开至少一百年。"

小孩想了想，道："金雀楼这名字不太好听。"

夏乾挠挠头："我觉得还行。以前叫白矾楼，老百姓叫它'矾楼'，听着就烦，后来改成的金雀楼。不过失了火，再改一个也挺好。"

小孩想了想："先改成'丰乐楼'吧，如果生意不行，再改回去。"

"听起来不错。"夏乾笑了一下，"你很会起名字，书一定读得很好，以后做个好官。"

小孩叹了口气："以前，我一直有些害怕。"

"怕什么呀？"

"怕自己年纪小，不懂事，担不起重任。但听了你和易厢泉的故事，我才知道……大宋不是一个人的大宋，而是所有百姓的家。除了皇室贵族、官员士兵，还有很多人在为之努力。大家不求官，不谋财，默默做事，只希望国家变好。想到这些，我就不怕了。其实你们一直和我在一起。我也要多做些事，不要辜负了你们这样的人。"

夏乾问道："是不是多了一些勇气？"

小孩点头："是呀。"

"那就好，没白听这个故事。"夏乾笑了笑，走到窗边，"禁军已经到了。你再坚持一会儿，我把你背下楼。你家在哪儿？"

小孩开始吞吞吐吐。

夏乾疑惑地看着他："你爹是谁？你叫什么名字？"

小孩小声道："我叫赵煦。"

夏乾惊了，难以置信地看着他："可你穿的不是官家子弟的衣服吗？而且坐的是普通轿子。"

"是普通轿子。我要去太傅府上，护卫带了六个，不承想还是遇到了这种事……崔大人把我护在身下，他自己连中了几刀。我知道有人不想让我坐上皇位………我当时好害怕，也不知道自己值不值得这样被保护。"赵煦深吸一口气，拼命想止住眼泪，"但是今日见了你，我才知世间有这么多人为大宋默默付出，我又怎能懦弱地躲在后宫苟且一生？我日后定要好好读书，不管处境如何，一定要做个有用之人。"

孩子讲了很多话。但夏乾此刻已经开始发呆，完全听不进去了。他现在要行礼吗？要跪下吗？他讲了那些故事，以后会怎样呢？

楼下传来说话声。夏乾急忙转头朝窗口看，看到禁军已经来到街上，流民被驱散了。脚步声越来越响，有人进了金雀楼。

"韩姜，醒醒，有人来了！"

韩姜被推醒，立即坐起来。夏乾紧张起来："怎么会有人直奔这里来？"

赵煦问道："会不会是来找我的？"

夏乾刚想问，就听到了熟悉的脚步声。他立即打开阁楼的小门，偷偷看下去。很快，他惊喜地叫道："厢泉！是易厢泉！"

可是，他发现，上楼的不止是易厢泉，还有几个持刀的侍卫。他们将金雀楼团团围住。

夏乾一惊："厢泉，这是……"

“宫里的人。”易厢泉抬头，看见夏乾安好，笑了，“我去街上找人，结果发现了你的脚印，我就知道你往这边来了。”

夏乾咧嘴一笑，和韩姜一起扶着赵煦下了阁楼。其他几名侍卫立即跪地行礼。几人刚要说什么，就看到一个男人缓缓上了楼。

男人个子很高，三十多岁，穿着华服，非常瘦弱，就像一棵被风一吹就能倒的枯树。侍卫去扶他，他摆了摆手，扶着楼梯慢慢地走了上来。当他看见赵煦，眼神忽然有了光，露出一个浅淡的微笑。

赵煦惊道：“父皇！”

皇上弯腰张开了双臂，赵煦跌跌撞撞地跑了过去。父子二人相拥在一起，一句话也没说，没有落泪，却都红了眼睛。

夏乾站在一旁，震惊不已，随即小声叹道：“没想到我此生还能见到这种场景。”

易厢泉看了看韩姜，又看了看夏乾，笑了一下：“我也是。”

夏乾欣慰道：“我也想不到，自己还能见到她。果然，好事做多了，真的会有好运。”

易厢泉笑了一下，没再说话。

而夏乾有很多话想对易厢泉说，想问他刚才发生了什么，为什么会和皇上在一起。但他还没有来得及问，就发现易厢泉有些反常。

他看上去有些忧心。

“我没事。”易厢泉道，“会没事的。”

一旁，皇上看了看赵煦的伤势，有些焦急：“御医跟来了，咱们回宫去。”

他拉住赵煦，刚要下楼去。赵煦却道：“儿臣还有事要做。”

皇上愣了一下。

赵煦回头对夏乾道："我要好好谢谢你们。"

夏乾笑了："不用谢了。"

赵煦看了看四周，道："可你的店被烧毁了。"

夏乾看了看韩姜："我们会一起努力，重新开始。"

赵煦想了想，看了看三楼的墙壁，墙壁很大一块，没有被烧毁，于是问道："你们有笔吗？"

易厢泉明白他想干什么，可哪里有粗毛笔呢？他直接拿了一块抹布，又弄了点炭，递了过去。

赵煦很是满意，对夏乾道："你把我举起来。"

夏乾小心翼翼地把他举到头顶。赵煦身上有伤，很疼，但他还是抬起胳膊，用抹布在墙上写了几个大字：

天下第一楼

夏乾后背疼，有点举不动，在赵煦写"楼"字的时候抖了一下。赵煦回到地上，一看，惊道："哎呀，歪啦！"

韩姜站在一旁，笑道："太正了，反而不好看。"

夏乾赶紧点头："没错，这样才有趣。"

闻言，赵煦满意地点点头，签上了自己的名字，又转头看了看易厢泉："你是故事里的那个小易吗？"

易厢泉没明白。夏乾点点头："对，就是他。"

赵煦的眼睛亮了起来："你以后想去哪儿？"

易厢泉一怔，不知该答些什么。他看着眼前的孩子，又想起之前皇上的话。那些话中有着期许，又带着几分诱惑与威胁。混乱的官场、浓重的杀意、难以言说的未来……那些隐忧，都是因为眼前这个孩子。他的心中是黎民百姓，肩膀上有大宋的未来，可他还不到十岁。

但赵煦的眼神充满了勇气，也有对未来的希望。

远处，皇上只是看着他们，没有说话。

赵煦眼神明亮，他看着易厢泉，问道："你想不想去看海？你朋友给你买了艘船。"

易厢泉没想到他会这么问，但下意识地答道："我喜欢海。"

赵煦对夏乾道："把你的批文给我。"

夏乾一愣，找到后递了过去："你要——"

赵煦拿在手里，道："明天早上，有人批复之后会给你们送来，船就可以开了。"

几人都吃了一惊。易厢泉看向皇上。皇上没有说话，只是点了点头。

夏乾道："那易厢泉——"

赵煦高兴道："等避过了风头，再回来。你可以换一个名字，到那时候，也许我就长大了。我……还想听你们的故事。你一定要平安回来呀！"

尾　声

第二天清晨，百姓议论纷纷，大部分人在谈论昨夜的爆炸与暴乱，阴谋呀、叛变呀……有些人被抢了钱，有些人受了伤，有些人在混乱中惨死。太阳还没升起，天又阴又冷。

可无论多冷的天，都遮不住人们看热闹的心。潘楼街的百姓就爱说闲话，他们除了议论暴乱，还议论起了金雀楼。

有人说，昨夜在这里看到了皇家的轿撵。大家为了证实，都跑来金雀楼门口看。最后，他们东拼西凑，得到了一个比较贴切的说法——在暴乱里，金雀楼的掌柜稀里糊涂地救了一个皇亲国戚。

“救了谁呀？好像是公主。”

“听说是臣子！”

“肯定是皇子！否则哪来这么大的阵仗！”

“听说还有题字呢！是皇上题的吗？”

“在哪儿呢？在哪儿呢？”

百姓挤在那里往里看。而那些杀手、探子也悄悄来到潘楼街打转。可他们只看到一个高个姑娘和几个帮工在忙碌，其他人都不见了。

尤其是易厢泉，哪儿都找不到他。

就在此时，太阳升起来了，云慢慢散了，阳光竟然洒满了汴京城。受伤的人在医馆前排着队，一个叫万雪逸的孩子急着插队抓药，说她叔叔醒了，要快些熬药。孙郎中正在问诊，吹雪悄悄来到她身边，叫了一声。

孙洵擦了擦汗：“一边去，我现在没空。”

吹雪又叫了一声。孙洵这才看到，它的项圈上塞着一封信。她立即打开，看到上面的字，唰地站了起来。

伙计喊道：“孙郎中！孙郎中！”

“先停诊，让其他郎中替一下，我很快回来。”

“孙郎中——”

孙洵已经大步离开了。她快步在街上跑着，觉得眼中有泪要涌出来。

他又要走了。

孙洵快步穿过大小街道。此时，太阳已经升起，并穿透了云层。昨日那些被损毁的房屋，也被阳光染上了金色。街边的防火亭一个个立在那里，像是汴京城的卫士。街上全是士兵，有些是大理寺的人。经过昨夜的动乱，他们休息了一会儿，又出来值班了。房屋塌了，有老人在哭，男人、女人开始清理废墟，准备重建家园。孩子们仍然在废墟旁踢着毽子，还唱了一会儿长青王爷的故事。

过几天就要过年了，在百姓对西夏人的骂声里，一个和平、美好的新年悄然到来了。

顺着街道，孙洵就这样一路奔跑，一直跑到了河边。她朝四周看了看。河岸有柳树，柳树下是没有结冰的河，船只依然在活动。船夫撑着船穿过虹桥，喊着号子，生怕桅杆撞到桥。就在这艘大船旁边，还有一排小的船。它们都空着，也不知道为何停在那里。

“易厢泉！易厢泉！”孙洵喊道。

有船夫听见，问道：“姑娘喊谁哩？”

是呀，她在喊谁呢？孙洵擦了擦眼睛，觉得自己快要哭了。她忍了忍，又喊道：“易厢泉！你走了，有本事就别回来！”

在离她很远的地方，有一艘小小的船，七扭八扭地撞来撞去。夏乾戴着斗笠站在船上，一边撑船，一边转头道：“这样跑掉太狼狈了，你要不要……”

易厢泉摇头：“不了。”

夏乾道：“你是不是害怕她一直等你？”

易厢泉沉默了一下，没有回答。

夏乾道：“她会一直等着你的。”

易厢泉没说话。他一直是孑然一身，如今又要离开，最放不下的，一个是猫，一个是人。猫与人都留在了这个冬天。

易厢泉躺下，怔怔地看着船篷，没有说话。

夏乾也沉默了。过了好一会儿，他才问道：“确定了要先去东瀛？”

“嗯。”

“东瀛………很远吧？”

“应该很远。”

“是不是很荒凉？”

“不知道。”

“听说那里可以天天吃鱼。”

“也许去了只能吃鱼生，再也没有熟肉吃。”

“真的吗？他们不吃熟肉？”夏乾惊呆了。

易厢泉笑了笑，明显是在胡说。

夏乾撇了撇嘴，道：“告诉你一个好消息，我收到了狄震的信，他说，阿炆带着柳凝走了，是真正的柳凝！出事那天，柳凝出去玩儿了，并没有回家。真是太好啦！”

易厢泉微笑：“是，太好啦。”

夏乾问道：“你说，我还会见到他们吗？”

易厢泉道：“也许会。有缘分的人自然会相见的。”

“是吗？有缘分的人还会相见……”夏乾顿了顿，像是把话卡在了喉咙里。

他看到了船的外面。河岸的柳树没有叶子，可以清晰地看到，孙洵一直沿着河岸走。显然，她认出了这艘冒冒失失的船。但她没有再叫喊。她知道，有人要害易厢泉，所以不能总叫他的名字。何况，叫了他，他就会停下来吗？离别是注定的，她只能目送他离开。

夏乾划船的速度越来越慢。

易厢泉感觉到了。他眼神闪动了一下，转过头去。透过船的缝隙，他看到了河岸上的孙洵。直到孙洵消失在视线里，他还是朝那个方向看着。

“我们都会等着你的。等事情平息了，你会回来的吧？”夏乾半天才说了一句，“会平安回来的。”

易厢泉点头：“会的，我保证。”

“那我就勉为其难再给你撑一会儿吧。”夏乾说着，声音越发难过了，“可你什么时候才会回来呢？”

易厢泉想了想：“也许几年。”

夏乾道：“几年的时间很短的。”

易厢泉道：“说不定你以后富甲一方，孩子都长大了。”

夏乾笑了：“我会和他们讲故事，就讲我们的故事。”

易厢泉笑了。

船驶离了汴京城，逐渐靠岸了。这里不是别处，是雁城码头。到今天才知道，这里才是故事开始的地方。夏乾把船拴上，抬头望了望远方。今天的太阳有些大，远处的河面很平静。不久之后，会有一艘船在这里停靠，易厢泉会登船离开，到港口，再乘船出海去东瀛。

好远啊。

夏乾等了一会儿，船还不来。太阳很大，令人昏昏欲睡。他打了个哈欠，躺在船上，道：“我睡一会儿，等船来了，你叫醒我。”

“好。”

“你一定要叫醒我，我要看着你上船。”

“好。”

“你不会骗我吧？你可不要因为不想分别，就自己悄悄离开。”

“不会。”

“厢泉，你不在这里了，我总觉得……东瀛这么远，咱们也无法通信，也不知你什么时候会回来。”

“我一定会回来的。”

夏乾迷迷糊糊地睡过去了。在梦里，他好像回到了几年前的庸城。

那一年夏天，蝉在树上鸣叫，先生一直在讲课，他还在书院里趴着打盹。梦里没有城禁，没有青衣奇盗，没有易厢泉，他也没有离开庸城，而是继承了家业，之后娶妻生子，过上了平凡的日子……

夏乾惊醒了，他猛然坐起，看看旁边。旁边空荡荡的，没有人。

“易厢泉？”夏乾急了，“易厢泉！”

夏乾叫了几声，连忙爬起来跑出船，却看到旁边有一艘大船，船夫已经起锚了。易厢泉站在甲板上，一直往这边看呢。

“你居然没叫我——”

夏乾喊了一句。而此时，大船离开了河岸，渐渐远去。夏乾赶紧追着船跑了几步，喊道：“易厢泉！你一定要平安回来啊！”

易厢泉挥了挥手。他站在那里，一直看着这边，直到大船消失在河岸尽头，他的身影也消失了。

易厢泉走了。

天黑了。雁城码头的灯亮了起来。夏乾独自上了小船，朝相反的方向划去，而船上只有他自己了。这一路很安静，他也有些恍惚。直到他看到了汴京城内的灯光，想到了自己的酒楼，想到韩姜在那儿等着他，他才恍然意识到，他和易厢泉都实现了当年说过的话，易厢泉找到了凶手，为百姓做了很多事。

而夏乾自己呢？

他已经自由了。

（终）

读客®

激发个人成长

多年以来，千千万万有经验的读者，都会定期查看熊猫君家的最新书目，挑选满足自己成长需求的新书。

读客图书以“激发个人成长”为使命，在以下三个方面为您精选优质图书：

1. 精神成长

熊猫君家精彩绝伦的小说文库和人文类图书，帮助你成为永远充满梦想、勇气和爱的人！

2. 知识结构成长

熊猫君家的历史类、社科类图书，帮助你了解从宇宙诞生、文明演变直至今日世界之形成的方方面面。

3. 工作技能成长

熊猫君家的经管类、家教类图书，指引你更好地工作、更有效率地生活，减少人生中的烦恼。

每一本读客图书都轻松好读，精彩绝伦，充满无穷阅读乐趣！

认准读客熊猫

读客所有图书，在书脊、腰封、封底和前后勒口都有“**读客熊猫**”标志。

两步帮你快速找到读客图书

1. 找读客熊猫

2. 找黑白格子